그리고 이리로 오실 때는 뱃길을 추천합니다.

지금은 육로도 생겼습니다만,

배에서 바라보는 정경이 참으로 아름답습니다.

세토우치해(海)의 평온한 풍경을 맘껏 음미해 주세요.

지금부터의 인생이

더할 수 없이 소중한 날들이 되도록

스태프 모두 전력을 다해 돕겠습니다.

그럼 오시는 길 부디 조심하시기 바라며,

곧 만날 날을 기다리고 있겠습니다.

라이온의 집 대표
마돈나 드림

라이온의 간식

오가와 이토 장편소설
권남희 옮김

알에이치코리아

일러두기

1. 모든 각주는 옮긴이 주입니다.
2. 내용 특성상 일본어 표현을 일부 살렸습니다.

차례

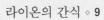

우미노 시즈쿠 님

안녕하세요?

며칠 전에 전화를 주셨다더군요.

하필 제가 자리에 없어서 죄송합니다.

몸은 좀 어떠신지요.

12월 25일(크리스마스네요!)에 도착하시는 것,

숙지하고 있습니다.

생활에 필요한 기본 물품(침구나 컵, 칫솔 등)은

저희가 준비하겠습니다만,

속옷과 갈아입을 옷은 본인 것을 가져오셔야 합니다.

필요에 따라 구입하실 수도 있습니다.

다만 이곳은 외진 시골이어서

마음에 드는 것을 바로 구하기가 어렵답니다.

그 점은 미리 양해해 주시기 바랍니다.

선창으로 하늘을 올려다보니 비행기가 파란 하늘에 새하얀 선 한 가닥을 그으며 지나가고 있다.

나는 이제 저렇게 하늘을 날아서 어딘가로 여행을 가지도 못하겠구나. 그렇게 생각하니 비행기를 타고 아무 걱정 없이 떠나는 사람들이 부러워졌다. 내일이 오는 걸 당연하게 생각하는 건 정말로 행복한 일이다.

그 사실을 모르고 사는 사람들은 얼마나 복받은 것인가. 행복은 정작 자신이 행복하다는 걸 깨닫지 못한 채, 사소한 불평불만을 흘리면서 평범한 매일을 보내는 것일지도 모른다.

괘선만 그어진 새하얀 편지지에는 어깨를 살짝 동그랗게 만 듯한 따스한 느낌의 글씨가 가지런하다. 그것은 오로라처럼 시시각각 색을 바꾸며 허둥대는 내 감정을 솜처럼 빨아들여 주었다. 나는 늘 내 속에 잠들어 있는 사나운 부분을 깨우지 않도록 신경 쓰며 맛있는 먹이를 계속 주어야 했다.

편지에 얼굴을 바짝 갖다 대고 글씨 냄새를 맡았다.

그렇게 하면 마돈나의 말이 그대로 내 몸으로 들어올 것 같았다. 지금 내가 의지할 수 있는 건 이 사람밖에 없다. 만난 적도 없는데 웃길지도 모르지만, 이미 마돈나의 어깨에 기대 걷고 있는 기분이었다.

몇 번을 꺼내서 읽었는지 모를 마돈나의 편지를 다시 곱게 접어 봉투에 넣었다. 나를 기다려 주는 사람이 있다. 이 사실만으로 인생 최대이자 최후의 난관을 잘 넘을 수 있을 것 같다.

태어나 처음 본 세토우치해는 마돈나가 쓴 대로 정말 평온했다. 내가 지금까지 보아온 바다와 완전히 달랐다. 평온하고 다정했다. 시간은 걸리지만 배를 택하길 잘했다.

담당 의사에게 내 인생에 남은 시간을 선고받았을 때, 머리가 떵하고 남 일 같아서 제대로 받아들이지 못했다. 뭔가와 비슷하다고 생각했더니 뱃멀미였다. 실제로 배를 타보고 깨달았다. 그 후로 발밑이 천천히 흔들리는 느낌이 계속 이어졌다.

무엇보다 나는 '스테이지(stage, 암의 진행 단계)'라는 말을 보고 들을 때마다 유치원 학예회 때 올라간 작은 무대가 떠오른다. 지금도 그건 다르지 않다. 내가 아는 스테이지는 바닥에 무수한 흠집이 있고, 곳곳에 박스테이프가 붙어 있고, 그렇지만 뭔지 모르게 온기가 있고, 그 자리에 서면 아주 조금 어른이 된 듯한 자랑스러운 기분이 드는 장소다. 나는 늘 나무나 꽃이나 그 외 다수 같은 역할을 맡았지만.

무대 너머의 희미한 어둠 속에는 아주 사랑하는 사람이 있어서 눈이 마주치면 꼭 손을 흔들어 주었다. 나는 무대에 서는 걸 좋아했다.

그래서 스테이지라는 말은 아직도 내 가슴에 희미한 불빛을 밝히고 있다. 한심한 것도 정도가 있다고 비웃어도 괜찮다. 그러나 나는 스테이지를 추억의 장소로 남기고 싶다. 설령 그것이 4기(stage 4)여서 이제 그다음으로 이어지는 계단이 없다고 해도.

문득 아빠가 떠오른 데는 이유가 있다. 바다 여기저기에 떠 있는 섬 그림자가 주먹밥 모양으로 보였다. 아빠가 만들어 주는 주먹밥은 어김없이 삼각형이었다. 정말이지 고지식한 아빠답게 놀라울 정도로 정삼각형이었다. 그래서 먹을 때마다 그 모양이 뭉개지는 것이 조금 아까웠다.

아빠를 마지막으로 본 것은 5년 전이었나. 아빠가 출장으로 내가 다니던 회사 근처까지 왔을 때였다. 가끔 밥이라도 같이 먹자고 해서 회사 옆 초밥집으로 갔다. 무슨 이야기를 했는지는 기억나지 않는다. 아마 세상 돌아가는 흔한 이야기였을 것이다. 내가 사주고 싶었는데 끝내 아빠가 계산했다. 아빠와는 그날 헤어졌다.

아빠이긴 하지만, 호적상으로는 외삼촌이다. 그 사실을 아는 사람은 거의 없다. 평소에는 당사자인 나도, 그리고 아빠도 잊고 지냈다. 그런 건 우리에게 대수롭지 않은 사실이다.

내 병이 발견되고 결코 나을 수 없는 단계임을 알게 된 것은 아빠와 몇 년 만에 재회하고 나서 얼마 지나지 않았을 때였다. 나름대로 애도 써보고 저항도 했지만, 그 강한 세력은 이길 수 없었다.

그리고 나는 지금 배를 타고 있다. 살던 빌라를 계약해지한 것도, 앞으로 라이온의 집에서 남은 인생을 보내게 된 것도 아빠에게는 알리지 않았다. 만약 이 일을 아빠가 안다면 한바탕 난리가 날 게 뻔하다. 그런 일로 아빠의 평온한 삶을 난장판으로 만들고 싶지 않았다. 아빠가 알든 모르든 사실은 바뀌지 않을 테고.

갑자기 배 안이 떠들썩해졌다. 곧 섬에 도착하는가 보다. 조금 전까지만 해도 멀리 보이던 섬이 어느새 가까워졌다.

배는 절대 느리지 않다. 천천히 가는 듯 보여도 목적지를 향해 꾸준히 전진하고 있다. 나를 덮친 병마처럼.

도착한 곳은 폭신한 머랭으로 만든 것처럼 완만한 언덕 같은 섬이었다. 육지 사람들은 이 섬을 '레몬 섬'이라고 부른다. 예전에 이 섬에서 레몬을 많이 재배해서라고 한다.

마돈나의 편지를 가방에 잘 넣었는지 확인하고, 비틀거리며 일어나 코트를 입었다. 더 좋아하는 코트가 있었지만, 결국 몸에 부담이 되지 않는 가장 가벼운 코트를 골랐다. 나머지 코트는 집 근처 재활용 가게에 들고 가서 구두와 가방과 함께 처분했다.

12월도 끝나가는데 아직 그리 춥지는 않았다. 역시 세토우치는 겨울에도 따뜻하다. 고개를 들어 보니 하늘은 물빛 색종이를 붙여놓은 것처럼 푸르고, 바다도 그 색이 비쳐서 파랗게 빛났다. 조금 전까지 보이던 비행기구름은 자취를 감추고 없었다.

배는 속도를 떨어뜨리면서 천천히 부두로 다가가다 드디어 멈춰 섰다. 담당 직원이 배에서 육지로 훌쩍 뛰어내리더니 로프를 감아 배를 고정했다. 몸이 날쌘 직원의 머리에는 산타클로스 모자가 귀엽게 얹혀 있다.

사람들이 다투어 배에서 내리는 동안, 나는 천천히 짐을 챙기고 통로를 걸어 나왔다. 배는 아직 뒤뚱뒤뚱 흔들렸다. 배에서 내릴 때 산타 모자를 쓴 직원이 무심하게 내 손을 잡아 육지로 올라오는 것을 도와주었다. 지금은 내 다리로 서고 걸을 수 있다. 그 사실에 나는 가슴을 쓸어내렸다.

선착장에는 마돈나가 기다리고 있었다. 마돈나라는 이름표를 단 건 아니었지만, 단번에 그가 마돈나라는 것을 알았다.

자기를 마돈나라고 할 정도여서 더 젊은 사람을 상상했지만, 두 갈래로 땋아 내린 머리의 70퍼센트는 백발로 신사(神社)에 걸려 있는 금줄처럼 근사했다. 인사하느라 계속 머리를 숙이고 있어서 얼굴은 제대로 보이지 않았지만, 메이드복을 완벽하게 갖춰 입고 있다. 코스프레일까? 아니면 크리스마스여서? 의아하기는 했지만, 이름부터 마돈나니까.

초록색 장식이 달린 새하얀 앞치마에는 얼룩 한 점 없고, 온몸을 모노톤으로 맞춰 입었다. 유일하게 그 틀을 깬 것이 구두였다. 마돈나는 끈 달린 새빨간 에나멜 구두를 신고 있었다. 묘하게 잘 어울렸다. 산타 모자를 쓴 직원이 내 짐을 육지로 옮겨주었다. 건네받은 작은 여행용 가방을 끌고 마돈나에게로 다가갔다.

"처음 뵙겠습니다. 앞으로 잘 부탁드립니다."

내가 정중히 머리를 숙이자,

"어서 오세요. 라이온의 집까지 먼 길 오셨습니다."

하고 마돈나는 더 깊이 머리를 숙였다.

그 바람에 좌우로 땋아 내린 머리 양 끝이 땅에 닿을 뻔했다. 어릴 때, 잠들기 전 아빠가 읽어주던 동화 《라푼젤》이 떠올랐다.

"메리 크리스마스!"

마돈나가 말했다. 약간 쑥스러워하는 목소리다. 나도 얼굴을 보며 소리 내어 "메리 크리스마스!"라고 하는 건 좀 쑥스럽다. 눈앞에 있는 마돈나와 뭔가를 공유한 것 같아서 마음이 놓였다. 다정하게 미소 짓는 마돈나의 눈이 초승달 모양이다.

이쪽으로 오시죠, 하고 안내받은 곳에 있는 것은 희한한 모양의 자전거였다. 세발자전거 같은 구조였지만, 앞에 거대한 상자가 달려 있다.

"이쪽으로 앉으세요. 안전히 모시겠습니다."

아무래도 이 자전거를 타고 라이온의 집까지 나를 데려가려는 모양이다. 내 여행용 가방은 마돈나의 옆자리에 놓였다. 큰 가방은 따로 택배로 보내서 짐은 의외로 적었다.

마돈나는 내가 상자 안에 앉아 안전벨트를 단단히 매기를 기다렸다가 출발했다.

"승차감은 어떠십니까?"

"아주 좋아요."

기분이 너무 좋아서 마돈나에게 말을 건네는 것조차 잊고 있었다. 이대로 바람에 녹아들고 싶다. 집을 나올 때부터 쓰고 있던 마스크를 과감히 벗었다. 오랜만에 맛보는 해방감이다. 신선한 공기가 폐 깊은 곳까지 밀려들듯 기세 좋게 흘러들어 왔다. 이 느낌을 맛본 것만으로도 레몬 섬까지 온 보람이 있다. 폐 안쪽이 깨끗한 공기로 빡빡 씻겨나가는 기분이었다.

마돈나가 말했다.

"다행입니다. 독일에서 들여온 최신식 카고 바이크랍니다. 시즈쿠 씨가 첫 승객입니다."

엉겁결에 뒤를 돌아보자, 내가 놀라는 것은 아랑곳하지 않고 마돈나는 반듯한 자세로 가볍게 페달을 밟고 있었다. 어느새 손에는 흰 레이스 장갑을 끼고 있었다. 개인 기사가 딸린 자동차라도 탄 기분이다.

"피곤하지 않으세요?"

걱정돼 물었다.

"아직은 괜찮습니다. 운동도 되고요. 게다가 전동식이어서 별로 힘들지 않습니다. 속도를 더 올릴 수도 있답니다."

마돈나는 담담하게 대답했다.

마돈나의 목소리는 침착하고, 깊은 바다 바닥 아슬아슬한 곳에서 넙치가 매끄럽게 기어 다니는 듯한 말투였다. 모든 것을 훤히 꿰뚫어 보고 있어서 어떤 일에도 동요하지 않을 것 같은 사람이었다. 억양이 없고 표정도 한결같다.

마돈나는 지나는 길마다 알아두면 좋을 정보를 말해 주었다.

"저 기둥 문 안쪽에 아주 오래된 신사가 있답니다."

"이쪽은 지역 밀착형 슈퍼마켓입니다."

"저 다리를 건너면 육로로도 혼슈까지 간답니다."

"섬에 있는 유일한 찻집이랍니다."

"우체국과 현금지급기는 저쪽 모퉁이에 있습니다."

"이 공원은 길고양이들 집합 장소랍니다."

마돈나의 설명에는 군더더기가 조금도 없다. 그러면서 필요한 정보를 충분히 알려준다.

나는 내내 감싸 안은 양쪽 무릎에 턱을 올리고 멍하니 섬 풍경을 바라보았다.

어제까지 보아온 인공적인 풍경과 너무 달라서 마음의 초점이 맞지 않았다. 뭔가 잘 만들어진 영화 세트장에 발을 들여놓은 기분이다. 그래도 레몬 섬이 무척 매력적이고 가슴이 확 트이는 장소인 것은 알았다. 섬은 참으로 완벽해서 어느 각도에서 어떻게 보아도 놀라울 정도로 아름다웠다. 게다가 어디에 있든 시야에 항상 바다가 들어온다. 내 마음을 어루만져 주는 것 같다.

마지막 살 곳이라는 말을 흔히 하는데 이곳은 내게 마지막 섬이 된다. 나쁘지 않을 것 같다. 천장이 낮은 스산한 방에서 혼자 외롭게 얼어붙듯이 죽음을 맞이하는 것보다 훨씬 현명한 선택이다. 담당 의사에게 여명을 선고받았을 때, 따뜻한 곳에서 매일 바다를 보며 남은 날을 보내고 싶다는 생각이 들었다. 병 때문인지도 모르지만, 어쨌든 나는 너무 추워서 견딜 수가 없었다.

그 이야기를 케어매니저에게 했더니 몇 군데 후보 중

에 심사숙고해서 제안해 준 곳이 바로 라이온의 집이었다. 살아 있는 동안 추워서 몸이 달달 떨리는 것만큼은 졸업하고 싶었다.

"도착했습니다."

퍼뜩 얼굴을 드니 마돈나가 눈이 부신 듯이 바다를 바라보고 있었다.

상자에서 나와서, 바다를 앞에 두고 심호흡을 했다.

공기가 맛있다.

너무 맛있어서 리필 하듯이 두 번, 세 번 되풀이해서 마셨다. 그것만으로 이미 배가 부르다. 잘 익은 과일을 깨물 듯이 이런 식으로 공기를 먹은 것은 얼마 만일까.

지금까지는 공기를 마시는 자체가 왠지 두려웠다. 뭔가 나쁜 바이러스가 들어가면 저항력 없는 나는 이내 심각한 상황이 돼버린다. 그래서 심호흡도 제대로 하지 못했다.

그러나 레몬 섬이라면 안심하고 공기를 마실 수 있다. 이 섬의 공기는 항상 흐르고 있고, 내가 두려워할 만한 나쁜 것은 포함되지 않은 것 같다. 크리스마스 밤답게 입구에는 화려한 크리스마스트리가 장식돼 있다.

마돈나가 방까지 바로 안내해 주었다.

호스피스라고 하면 더 병원 같거나 더 가정적이거나 둘 중 하나일 거라고 상상했던 나는 맥이 풀렸다. 마치 고즈넉한 호텔처럼 우아한 기분이 드는 공간이다. 너무 멋없지도 않고, 그렇다고 너무 생활감이 있지도 않다. 늘 누군가의 환한 미소에 감싸여 있을 것 같은 느낌이 든다. 실제로 들어가 본 적은 없지만, 누에고치 속이 이런 촉감의 부드러운 빛으로 싸여 있을지도 모른다.

"조산원과 분위기가 비슷하네요."

마돈나를 뒤따라가면서 무심결에 말했다. 나는 자식이 없지만, 딱 한 번 친구가 출산한 조산원에 아기를 보러 간 적이 있다.

"태어나는 것과 죽는 것은 어떤 의미에서 등을 맞대고 있는 것이니까요."

걸음을 멈추고 마돈나가 말했다.

"어느 쪽 문을 여느냐의 차이일 뿐이죠."

"문?"

마돈나가 무슨 말을 하는지 잘 모르겠다. 내게 삶과 죽음은 극과 극에 있다. 머릿속 이미지로는 갑옷으로 무장한 기사들이 펼치는 일대일 대결이다. 마돈나는 그런 내 마음을 알아차렸는지 좀 더 쉽게 이야기해 주었다.

"네, 이쪽에서는 출구여도 저쪽에서 보면 입구입니다. 삶도 죽음도 큰 의미에서는 같은 거죠. 우리는 빙글빙글 모습을 바꾸며 돌고 있을 뿐. 그곳에는 시작도 끝도 없다고 생각합니다."

마돈나는 그렇게 말하고 다시 조용히 걸었다.

복도를 곧장 걸어가니 저쪽에서 할머니 두 사람이 다가왔다. 할머니들은 각각 손에 채소가 담긴 커다란 바구니를 들고 있다. 채소에 묻은 흙에서 진한 대지의 내음이 고스란히 난다.

"가노 자매랍니다."

마돈나가 소개했다.

"오늘부터 신세 질 우미노입니다. 잘 부탁합니다."

정중하게 머리를 숙이자,

"안 웃겨요?"

가노 자매 중 한 명이 진지한 얼굴로 물었다. 네? 하고 반문하자,

"그쪽하고 한 글자 차이인데 우린 이렇게 할망구고

가슴도 쭈그렁탱이고."

다른 자매가 말을 거들었다. 가슴팍 이름표에는 '가노'라고 쓰여 있다.

"그렇지만 우리 쪽이 원조야."

경단 머리를 한 할머니가 말했다.

"시즈쿠 씨는 젊어서 아마 잘 모를 거예요."

마돈나가 거들자, 두 사람은 갑자기 숙연해지며 입을 다물었다.

이 젊음으로 호스피스 신세를 지게 된 걸 동정한 것일까. 두 사람 얼굴에는 예상외로 쓴 것을 삼킨 듯한, 뭐라 말할 수 없는 표정이 떠올랐다.

병과 정면으로 싸울 때는 솔직히 그런 반응을 만날 때마다 속상했다. 나를 무슨 유령이나 역병신(천연두를 맡았다는 신) 보듯이 보지 말라고, 하고 내심 울며 소리칠 것 같았다.

그러나 이제 그럴 힘도 없다. 화내고, 울고, 착각하고, 일일이 쓸데없는 에너지를 낭비하는 데 지쳤다. 감정을 폭발시킬 때마다 내 생명이 줄어든다. 그 사실을 나는 피부로 실감하고 있다. 그래서 저항하기를 그만두었다.

그만두고 그냥 흐름에 몸을 맡기기로 했다. 흘러가는 대로 몸을 맡기기로 했다. 그렇게 흘러가는 대로 당도한 곳이 이 작은 섬이다.

솔직히 말하자면 어쨌든 나는 이 섬에서 바다를 바라보며 유유히 쉬고 싶다. 튜브를 달지 않고 푹 잠들고 싶다. 그래서 라이온의 집을 선택했다. 그리고 매일 바다를 볼 수 있는 호스피스는 후보 중에서 이곳 한 군데뿐이었다. 어째서 산이나 강이나 숲이 아니라 바다에 집착했는지는 나도 잘 모른다. 다만 천국에 가까운 느낌이 든 것은 사실이다.

그건 어쩌면 최고의 선택이었을지도 모른다. 아까부터 세토우치 바다처럼 사방이 강고한 무언가가 내 마음을 탄탄하게 지켜주고 있는 듯한 기분이 든다.

가노 자매와 헤어진 뒤, 마돈나가 덧붙였다.

"저분들은 라이온의 집에서 식사 담당이랍니다. 주로 주식 주도권을 쥐고 있는 사람은 언니 시마 씨, 간식 주도권을 쥐고 있는 사람은 동생 마이 씨. 이름, 외우기 쉽죠. 시마와 마이. 자매니까요."

여기서는 웃는 편이 좋을까, 생각했지만, 마돈나가 가

볍게 흘려서 나도 가볍게 흘려들었다.

"그 밖에도 의사 선생님을 비롯한 스태프 10여 명이 라이온의 집을 돌보고 있답니다."

다시 걸어가면서 마돈나가 말했다.

호스피스라고 해서 의료를 전혀 하지 않는가 하면 그렇지 않다. 내가 지금까지 받아온 적극적인 치료나 연명 행위를 하지 않을 뿐, 아플 때나 괴로울 때는 고통을 완화하기 위한 최대한의 대책을 세워준다. 그 사실을 케어 매니저에게 듣고 호스피스에 들어가려는 결심이 섰다. 아픈 것도 고통스러운 것도, 울렁거리는 것도 추운 것도 머리카락과 눈썹이 몽땅 빠지는 것도 지긋지긋했다.

"이쪽이 간식실이랍니다."

마돈나가 커다란 나무 문을 밀고 안을 보여주었다. 안에는 난로가 있고, 그곳에는 불이 빨갛게 타오르고 있었다. 낙엽 태우는 냄새가 뇌에 스몄다.

"간식실이요?"

"네, 옛날 말로 하자면 오차노마. 요즘 식으로 멋있게 말하자면 살롱드테라고 할까요."

여전히 억양 없는 목소리로 마돈나가 설명했다.

"매주 일요일 오후 세 시부터 이곳에서 간식 시간이 열린답니다. 지난번에는 고구마 양갱을 먹었지요. 게스트 여러분은 한 번 더 먹고 싶은 추억의 간식을 주문할 수 있답니다. 매주 한 분의 주문 편지를 뽑아서 그분이 다시 먹고 싶어 하는 추억의 간식을 충실하게 재현하죠. 어떤 맛이었는지 어떤 모양이었는지 어떤 상황에서 먹었는지 되도록 구체적으로 추억을 써주시면 됩니다. 그림으로 그려주는 분도 계신답니다."

간식이라는 말에는 독특한 포근함과 온기가 있다.

"그날 뽑히는 간식은 한 가지뿐이죠? 그건 어떻게 정해요?"

남은 시간이 짧은 순서라고 대답하면 너무 안타까울 것 같아, 하고 생각하면서 나는 물었다.

"뽑기입니다. 매번 제가 엄정하게 뽑고 있답니다. 뽑기 용지는 저쪽 상자에 넣어주세요. 지정된 종이에 써도 좋고, 가지고 계신 편지지에 쓰셔도 괜찮습니다. 간식 시간 당일까지 어떤 분의 주문인지는 비밀입니다."

마돈나는 단호히 대답했다. 그 목소리에 거짓은 없는 것 같았다. 그러나 그 방법으로는 간식을 신청해도 마지막까지 자기 것이 뽑히지 않는 사람도 있다는 말이다. 그 생각을 하니 또 시무룩해졌다.

하지만 그것이 인생인지도 모른다. 모두가 평등한 건 애초에 있을 수 없는 일.

간식실 문을 닫은 뒤, 마돈나가 다시 설명을 이었다.

"식사를 혼자 드시고 싶을 때는 방에서, 누군가와 함께 드시고 싶을 때는 식당에서 드시고, 그때 기분에 따라서 자유롭게 드셔주세요. 시간도 일단은 정해져 있습니다만, 어려운 때는 저희가 임기응변으로 대응하고 있습니다. 근데 젓가락은 가져오셨습니까?"

네, 하고 대답하자, 마돈나는 안도한 듯이 눈을 가늘게 떴다. 가느다란 눈이 더 가늘어져 초승달 같았다.

"뭔가 규칙 같은 게 있나요?"

궁금했던 것을 물어보니,

"규칙이라면?"

마돈나가 반문했다. 좀 머뭇거리면서 나는 대답했다.

"아침에는 몇 시에 일어난다거나 소등은 몇 시라거나. 텔레비전을 보는 시간, 휴대전화를 사용해도 되는지, 면회 시간이라든지."

마지막 건 나와 관계없군, 생각하면서 말했다.

이곳에 오기 전 지금까지의 인간관계에 일단 마침표를 찍었다. 한 사람 한 사람에게 연락해서 현 상황을 전하고 만나고 싶은 사람은 직접 만나서 이별을 고하고 왔다. 그래서 이제 이곳까지 나를 만나러 올 사람은 없다. 면회는 거절한다고 전했다.

인생의 마지막쯤은 아무에게도 신경 쓰지 않고 혼자만의 시간을 보내다 가고 싶다. 내가 약해지고 야위어가는 모습을 아무에게도 보이고 싶지 않다는 교만한 마음도 아직 조금 남아 있다.

마돈나는 멈춰 서서 가느다란 눈을 더 가늘게 뜨고 내 눈을 응시했다. 그리고 또렷한 목소리로 말했다.

"그런 건 일절 없습니다. 라이온의 집은 병원이 아니어서요. 다만 빨래나 방청소 등 스스로 할 수 있는 건 직접 합니다. 할 수 없는 일은 저희가 돕습니다. 할 수 없는 일을 억지로 할 필요는 없습니다. 그리고 자유롭게 시간 보내기. 이것이 유일한 규칙이라면 규칙이랄까요."

지금 마돈나가 하는 말은 더 이상 애쓰지 않아도 된다는 것이다. 싫어하는 일은 싫다고 거절해도 나무라지 않는다. 모두 모여서 "잘 먹겠습니다" 하고 식사하거나, 색종이 접기를 하거나 노래를 부르는, 그런 건 제발 말아줘. 그러나 그건 나의 단순한 착각이었다. 어쩌면 나는 양로원과 호스피스를 혼동했는지도 모른다.

규칙은 아무것도 없다. 있다면 자유롭게 지내는 것이 유일한 규칙이라는 말을 듣고 안심했다. 그렇다면 해나갈 수 있을지도 모른다. 누구와도 이야기하고 싶지 않으면 하지 않아도 된다고 한다. 나는 이곳에 와서까지 '착한 아이'를 연기하는 건 그만두기로 했다.

"이쪽이 시즈쿠 씨 방입니다."

주뼛주뼛 마돈나를 뒤따라가는데 마돈나가 갑자기 멈춰 서서 문을 열었다.

와우!

엉겁결에 초등학생 같은 반응을 했다. 레몬밭 너머로 바다가 한없이 펼쳐져 있다. 통통하게 자란 많은 레몬이 파란 하늘 아래 촛불처럼 반짝였다.

"이렇게 좋은 방을 제가 혼자 써도 되나요?"

지금까지 입원했을 때는 대부분 다인실이었다. 언제나 뭔가 긴장됐다. 혹시 코를 골아 다른 사람의 수면을 방해하지 않을까 생각하면 불안해서 마음 편히 잘 수 없었다. 그래서 앞으로의 시간을 개인실에서 보낼 수 있다는 것이 너무너무 감사했다.

하지만 나중에 추가 요금이 발생하면 좀 곤란한데, 하고 이내 현실적인 생각을 하게 된다. 그때 나는 이 세상에 없을 테니 청구서가 아빠에게로 갈지도 모른다.

내 불안이 마돈나에게 전해진 걸까. 마돈나가 내 등에 가만히 손을 올리며 속삭였다.

"걱정하실 필요 없습니다. 시즈쿠 씨는 이 방을 자유롭게 사용할 수 있습니다. 여행용 가방은 나중에 이쪽으로 갖다드리겠습니다. 그럼, 일요일 간식 시간까지 아직 시간은 넉넉하니 그때까지 마음대로 지내셔요. 밖에 나가고 싶을 때는 자유롭게 나가시고요. 곤란한 일이 있을 때는 바로 불러주시면 달려오겠습니다. 그리고 여기 문패에 이름을 써서 방문 앞에 붙여두시겠습니까. 이름은 본명도 좋고, 닉네임도 좋고, 아무거나 괜찮습니다. 시즈쿠 씨가 남들에게 듣고 싶은 이름을 써주세요. 그래서 저도 여기서는 마돈나라고 불리죠."

마돈나는 방 입구에 서서 한층 생기 도는 목소리로

말했다.

"유리 진열장에 '소'를 준비해 두었습니다. 시즈쿠 씨 도착에 맞추어서 마련했습니다. 라이온의 집에서 인생의 즐거움을 마음껏 음미해 주세요."

말을 마치자 마돈나는 정중하게 절을 하고 내 앞에서 연기처럼 사라졌다.

일단 커다란 침대에 쓰러지듯 누웠다.

눈을 감아도 눈두덩을 통해 빛이 들어왔다. 그 빛이 시끄러울 만큼 힘차게 삼바 리듬으로 춤추고 있다.

"기분 좋아."

소리 내어 말하니 점점 기분 좋음이 발효된다. 양팔을 펼쳐도 아직 침대 양 끝에 여유분이 있다. 내가 혼자 살던 방에서 사용했던 싱글 침대보다 훨씬 컸다.

폭신폭신한 것은 오리털 이불뿐, 침대 자체에는 적당한 탄력이 있다. 몸이 아래로 스윽 빨려 들어간다. 시트도 침대 커버도 새하얗고 기분 좋다. 뽀송한 촉감은 마를 사용해서겠지.

"기분 좋아."

한 번 더 소리 내보았다. 그대로 이불에 묻혀 잠들어

버릴 것 같았다. 이런 해방감을 맛보는 건 정말로 오랜만이다.

갑자기 옛날에 사귀었던 사람이 떠올랐다. 딱 한 번, 그 사람과 파리 여행을 한 적이 있다. 서로 유급 휴가를 사용해서 가자마자 오는 여행이었지만, 그때 머물렀던 리조트 호텔이 바로 이런 질감이었다. 화려한 건 없는 대신 정말로 좋은 것만 조심스럽게 그러나 요소요소에 놓여 있었다.

해외여행까지 할 정도로 깊은 사이였는데 결국 헤어졌다. 내게 병이 발견된 뒤, 그는 반걸음씩 신중하게 발을 떼며 내게서 멀어졌다. 정신을 차리고 보니 그의 모습이 보이지 않을 정도로 멀어져 있었다. 지금은 나도 그것이 정답이었다고 생각한다. 최근에 그가 결혼했다는 이야기를 남을 통해 들었을 때도, 내 가슴에는 조금의 파동도 일지 않았다. 축하한다, 행복해라. 빈정거림이 아니라 진심으로 그렇게 생각했다.

그러나 그 사람이 인생 마지막 남자친구였나 생각하니 좀 분하다. 연애의 맛은 알지만, 큰 연애도 없었고 큰 실연도 없었다. 그쪽 방면으로는 지극히 평범한 인생이었다.

똑똑, 하고 조심스럽게 문을 두드리는 소리가 나고, 도착한 짐, 여기 두겠습니다, 하는 젊은 남성 스태프의 목소리가 들렸다. 어느새 잠이 들었나. 눈을 뜨니 여전히 창 너머 바다가 활짝 웃는 얼굴로 반짝이고 있다. 레몬 잎도 잔물결처럼 반짝였다. 공기에는 감귤 향이 은은히 섞여 있다.

혼자 살던 빌라에서 마지막으로 남길 짐을 고를 때는 아무래도 감상적이 돼 눈물이 멎지 않았다. 불과 며칠 전 일이다. 무엇을 가져가고, 무엇을 버릴지 줄곧 생각했지만, 막상 결정하려고 하니 이런저런 생각이 고개를 들어, 결국 마지막 순간까지 정하지 못했다.

침대에서 내려와 여행용 가방을 가지러 갔다.

여행용 가방을 열자 그때 흘린 눈물 냄새가 났다. 하지만 감상에 빠질 시간은 없다. 먼저 파자마를 꺼내 옷장에 넣었다.

인생 첫 투병 생활을 하기 전까지 내 생활에 그렇게 많은 파자마가 필요하게 될 줄 몰랐다. 조금 과장하자면 5분 간격으로 갈아입어도 땀에 푹 젖어서 병원에서는 갈아입을 파자마가 많이 필요했다. 그래서 짐을 쌀 때 평상복보다 파자마 수를 우선했다. 평상복을 아무리 가져와 봐야 어차피 나는 침대에서 움직일 수 없게 된다. 아직은 그런 나를 상상할 수 없지만, 그날이 오는 건 확실하다. 그리 머지않은 미래에. 그래서 위그(모자 가발)도 지금 쓰고 있는 것 하나밖에 남기지 않다.

딱 한 벌, 시착할 때 말고는 입어본 적 없는 특별한 원피스를 가져왔다. 내가 가장 좋아하는 브랜드 옷이다. 내 월급으로는 좀처럼 살 엄두가 나지 않는 브랜드라서 지금까지는 양말이나 가방을 사는 게 고작이었다.

쇼핑을 간 것은 보름 전이다. 평소에는 소품만 보고 바로 나오는데 그날은 가격도 보지 않고 옷을 골랐다. 하지만 시착할 때마다 마음이 흔들렸다. 어차피 태워버릴 텐데 그렇게 큰돈을 들일 거라면 차라리 기부를 해서 사회에 공헌하는 편이 낫지 않나, 하고. 그런데 그 순간 이런 목소리가 또렷하게 들려왔다.

"그건 아니지!"

시착실 밖에서 점원이 소리 질렀나 생각했다. 실제로 그랬을지도 모른다. 어쨌든 우연히 들은 그 소리에 힘을 얻어, 내 속에 있던 망설임이 싹 달아났다.

나는 시간을 들여서 찬찬히 수의를 골랐다. 만약 그때, 목소리가 들리지 않았더라면 나는 역시 돈 아까워, 하고 아무것도 사지 않고 가게를 나왔을 것이다. 그러나 그때, 내 의사로 옷을 고르길 잘했다.

내게는 나밖에 없다. 결혼도 하지 않았고, 아이도 없다. 부모에게 의지할 수도 없다. 수의를 고르는 것도 내가 하지 않으면 아무도 해주지 않는다.

과연 마지막에 계산할 때는 식은땀이 나고 심장이 입으로 튀어나올 것 같았지만, 큰 종이가방에 정중히 담긴 원피스를 들고 가게를 나올 때, 나는 왠지 자랑스러웠다.

그 원피스를 옷걸이에 걸어서 훅에 걸었다. 새로 산 속옷과 파자마는 옷장에 넣고, 칫솔을 컵에 꽂았다. 혹시나 하고 비누도 가져왔지만, 사용할 일은 없을 것 같다. 라이온의 집에는 내가 가져온 것보다 훨씬 고급스럽고 환경에 좋은 비누가 구비돼 있다.

타일 벽으로 된 샤워실 한 모퉁이에는 앉아서 씻을 수 있도록 의자가 놓여 있었다. 샤워실까지 꼼꼼하게 바닥 난방을 하는 고급 호텔 같은 설비에 기쁘면서도, 황송한 기분이 들었다.

정치가와 연줄이 있는 것도 아니고 유명인 딸도 아닌 내가 어떻게 라이온의 집에 들어올 수 있었을까. 내가 이렇게 좋은 곳에서 여생을 보내다니 너무 복받은 게 아닌가.

그렇게 생각하고 있을 때, 갑자기 문 너머에서 하얀 뭉치가 날아들어 왔다.

털이 복슬복슬해서 처음에는 토끼인 줄 알았다. 그 뒤를 누군가가 쫓아왔다. 하얀 뭉치는 토끼가 아니라 개였다. 그 개가 내 방을 자기 집처럼 뛰어다녔다.

"산책하고 와서 발 닦지 않으면 마돈나한테 혼난다."

조금 늦게 방문 앞에 나타난 사람은 누가 봐도 환자인 남성이었다. 팔다리는 야위었는데 배만 볼록하게 튀어나왔다.

"아, 처음, 뵙겠습니다."

바닥에 주저앉아 있던 나는 그 자리에서 꾸벅 인사했다. 남성은 젖은 수건을 손에 들고 있었다. 그걸로 하얀 개의 발을 닦으려는 것 같다. 개의 발끝만 회색 양말을 신은 것처럼 더러워져 있다.

하지만 개는 남성을 놀리듯이 도망 다녔다. 여행용 가방에 들어 있던 내 봉제 인형을 발견하더니 그걸 물고 신나서 놀고 있다. 라이온의 집에 개가 있을 줄이야!

"반려동물 데려와도 되는 거였어요?"

지금 막 만난 사람에게 나는 질문을 했다. 줄곧 키우던 거북이를 친하게 지낸 회사 동료에게 맡기고 온 것을 안타깝게 생각하면서.

"괜찮은 것 같던데요. 근데 이 개, 내 개 아닙니다. 한참 전에 여기서 죽은 사람이 키우던 개를 모두가 돌보는 모양이더라고요."

말하면서 남성은 개의 발을 닦으려고 손을 뻗쳤다. 개는 여전히 크르륵크르륵 소리를 내면서 봉제 인형과 격투에 빠져 있다.

"기다려, 롯카."

"롯카?"

낯선 이름에,

"여섯 송이 꽃(六花)이라고 써서 롯카라고 읽는가 봅니다. 릿카든 뭐든 상관없는 것 같습니다만."

남성이 말했다.

"눈(雪)을 뜻하는 롯카(六花, 눈의 다른 이름)군요."

옛날부터 국어를 좋아했다.

"잘 아시네요."

억지로 개 발가락을 네 개째 다 닦은 남성이 일어서려고 허리를 일으켰다. 하지만 좀처럼 제대로 일어서지 못했다. 여행용 가방에 들어간 롯카는 어이쿠 하는 표정으로 내가 가져온 곰 인형을 베개 삼아 누우려는 자세다.

"이 녀석, 이대로 여기 두고 가도 괜찮겠습니까?"

간신히 일어선 남성이 롯카와 나를 번갈아 보면서 물었다.

이런 전개가 될 줄은 상상도 못 했다. 멍하니 입을 벌린 채 고개를 끄덕였다. 꿈꾸는 기분이어서 뺨을 꼬집었다. 살짝 차가운 감촉이 뺨에 퍼진다. 역시 이것은 꿈이 아니다. 틀림없는 현실이다.

"롯카."

남성이 간 뒤, 작은 소리로 롯카를 불러보았다. 롯카는 표정을 조금도 바꾸지 않고 가만히 있다. 졸음이 밀려오는 것 같았다. 내가 가져온 인형들이 롯카를 빙 둘러쌌다.

해마다 산타클로스에게 부탁한 것이 있다.

사실은 여동생이 갖고 싶었지만, 그건 바라서는 안 된다는 걸 느끼고 있었다. 그래서 산타 할아버지에게 빌었던 소원은 항상 이것이었다.

"강아지를 갖고 싶어요."

유치원 때부터 초등학교를 졸업할 때까지 나는 해마다 같은 소원을 산타 할아버지에게 빌었다. 하지만 크리스마스 날 아침, 베갯머리에 놓인 것은 늘 동물 인형뿐이었다. 어느 해는 곰, 어느 해는 판다, 어느 해는 펭귄,

어느 해는 쥐, 어느 해는 수수께끼의 생물. 단 한 번도 진짜 강아지가 놓인 적은 없었다.

중학교 1학년이 됐을 때, 사정을 알아차리고 아빠에게 말했다.

"이제 산타 할아버지한테 강아지 부탁하는 것 그만할게. 난 이렇게 인형도 많이 있고."

그 말을 할 때, 아빠의 너무나 난감한 표정을 나는 평생 잊지 못할 것이다. 아빠와 살던 다세대 주택에서는 개나 고양이를 키울 수 없었다.

아빠는 미안했는지 촉촉해진 눈으로 아랫입술을 꽉 깨물었다. 금방이라도 울음을 터트릴 것 같은 얼굴이어서 되레 내가 아빠를 달래고 싶었다. 그리고 그해부터 우리 집에 산타 할아버지는 나타나지 않았다.

그 대신, 크리스마스 저녁에는 아빠와 둘이 멋지게 차려입고 역 앞 호텔에 크리스마스 디너를 먹으러 갔다. 중학교 1학년 때도 입시를 앞둔 3학년 때도 외식을 했다. 그것이 내게는 화기애애한 가족과의 시간이었다.

나는 친부모와 함께 산 기억이 전혀 없다. 집에는 언제나 나를 키워준 아빠와 나 둘뿐이었다. 처음부터 그렇게 살아서 외롭다거나 심심하다는 감정을 느낄 틈도 없었다. 나에게 엄마가 없다고 불쌍히 여겨도 엄마라는 존재 자체를 느낀 적이 없어서 그런 말을 하는 친구가 오히려 더 불쌍해 보였다. 내 처지를 한 번도 비관한 적이 없을 만큼 아빠가 애정을 쏟아 키워준 증거이다.

가끔 회사 일 때문에 도저히 못 올 때도 있었지만, 아빠는 수업 참관일에도 와주었고, 운동회에도 달려와 주었고, 휴가가 길 때는 여행이나 캠핑도 함께 갔고, 주말에는 종종 영화관에 갔다.

엄마한테는 미안하지만, 엄마가 없어도 별로 불편함 없는 생활이었다. 만약 산타 할아버지가 나타나서 엄마와 강아지, 둘 중 무엇을 선물해 줄까 제안한다면 나는 천진난만하게 강아지 쪽을 선택했을지도 모른다.

결국 어느 인형도 버릴 수 없었다. 어느 아이를 데려가고 어느 아이를 남기고를 정할 수 없었다. 남긴다고 해도 그것은 처분한다는 걸 의미한다. 그런 짓, 할 수 없다. 인형은 내 마음의 친구다.

물론 각자 이름도 있다. 그래서 마지막까지 이 아이들은 곁에 데리고 있기로 마음먹었다. 그리고 임종 때는 내 관에 이 아이들을 넣어달라고 하자. 그러면 누군가가 쓰레기로 처분하는 수고도 덜 수 있다. 그렇게 생각하고 나는 흠집투성이 봉제 인형을 전부 데리고 이곳에 온 것이다.

여행용 가방에서 봉제 인형에 둘러싸여 자는 롯카는 세상에서 가장 행복한 얼굴을 하고 있다. 사실은 그 하얀 털을 만져보고 싶어서 미칠 것 같았다. 그러나 건드리면 롯카의 잠을 방해할 것 같아 간신히 참았다. 오랜 투병 생활로 참는 데는 익숙했다.

나는 그 잠든 얼굴을 물끄러미 바라보았다. 내가 오늘 라이온의 집에 들어온 건 우연이었지만, 이것은 어쩌면 신이 내게 주는 마지막 크리스마스 선물인지도 모른다.

그렇게 생각하니 살짝 눈물이 날 것 같다. 기쁨의 눈물인지 슬픔의 눈물인지는 나도 잘 모른다. 어쩌면 둘 다일지도 모른다.

롯카는 내 여행용 가방에서 족히 한 시간은 잔 뒤, 천천히 일어나 하품을 했다. 그러더니 문 앞에 가서 멍, 하고 한 번 짖는다. 나가고 싶은가 하고 문을 열어주니, 쏜살같이 복도로 달려갔다. 또 만날 수 있겠지.

나는 코트 주머니에 '소'를 넣고 방을 나왔다.

바깥은 굳이 현관까지 가지 않아도 각 방에서 드나들 수 있는 구조였다. 가져온 슬리퍼를 테라스에 내놓고 외출했다. 아직 춥지만, 여름에는 테라스에 나와 낮잠을 자면 기분 좋겠구나. 그러나 내게 여름은 돌아오지 않겠지, 하고 남 일처럼 멍하니 생각했다. 담당 의사의 진단이 맞는다면 내 생명은 매화가 피고 벚꽃이 피기 전에 다할 것이다.

지금은 내 죽음을 상상할 수 없다. 심장은 쿵쿵 뛰고 있고 조금 야윈 것 같지만, 스스로도 신기할 만큼 몸이 움직인다. 밥도 맛있게 먹는다. 하지만 하늘과 땅이 뒤집히는 기적은 일어나지 않는다는 걸 알고 있다. 내 인생의 레일은 죽음을 향해 착착 나아가고 있다. 나는 그 사실을 남들보다 조금 빨리 알았을 뿐이다.

향년 33세.

확실히 객관적으로 보면 짧을지도 모른다. 그러나 길다고 생각하면 꽤 긴 인생이었다. 에베레스트급은 아니어도 나름대로 산도 골짜기도 있었다.

라이온의 집 부지에서 언덕길을 조심스레 내려가니

그 끝에 바다가 나왔다. 사다리를 타면 바닷가까지 내려갈 수도 있다. 모래사장은 극히 일부이고 돌멩이 천지였다. 썰물이 밀려간 지 얼마 되지 않았는지 돌멩이에는 해초와 조개가 붙어 있다.

바다에 빠지지 않도록 슬리퍼를 벗은 뒤 해변에 걸터앉아 바다를 바라보았다. 그리고 주머니에 든 것을 꺼냈다. 아까 마돈나는 분명히 '소'라고 한 것 같았는데, 어쩌면 '노'였을지도 모르고 '조'였을지도 모른다. '소'라는 이름의 음식을 나는 들은 적이 없다. 일단 소라고 하고, 소는 캐러멜처럼 얇은 종이에 싸여 있었다.

포장을 벗기고 내용물을 꺼냈다. 색은 크림색이다. 연한 달걀 같은, 갓 태어난 병아리 같은 색.

한쪽을 조금 입에 넣고 어금니로 씹었다.

처음에 막 솟구쳐 오른 것은 반갑다는 감정이었다. 나는 이 맛을 알고 있다. 겉은 딱딱해서 처음에는 어린 시절에 빨던 밀크캐러멜을 떠올렸다. 하지만 그리 달지 않고 과자 같지도 않다. 두 입째 씹었더니 이번에는 달콤한 맛이 쫙 퍼진다. 정체를 알 듯하면 손바닥 사이로 꼬리가 도망치는 것처럼 사라져서 숨바꼭질하는 것 같다.

그렇게 흔히 먹던 건 아닌 것 같다.

혹시 그건가? 싶은 게 한 가지 있긴 하지만, 마돈나 본인이 만든 거라고 했으니 아닐 것이다. 내 뇌리를 스친 것은 모유였다.

"설마."

내가 나한테 이의를 제기한다. 마돈나가 아무리 연령 미상이어도 젖먹이가 있을 나이는 아니다. 그렇지만……. 마지막 한 조각을 입에 넣고 한동안 머금고 있었다. 신의 모유라는 표현이 딱 어울린다.

아까부터 손바닥을 어루만져 주듯이 부드러운 바람이 불고 있다. 신이 몇 번이고 이마에 입맞춤해 주는 듯한 감미로운 바람이었다. 잘 왔어요, 하고 환영해 주는 것 같았다.

다리를 달랑거리며 바람이 부는 대로 멍하니 있으니 솔직하게 살아야겠다는 생각이 절로 들었다. 앞으로는 더 솔직하게 살자. 있는 그대로의 나를 받아들이고 추한 부분도 미숙한 부분도 전부 인정하고 솔직해지자. 간호사나 주위 친구를 걱정해서 아픈데 아프지 않은 척하고 힘든데 태연한 척 웃는 것도 그만하자. 착한 아이를 졸업하자. 그것은 신이 내게 보내는 계시 같았다.

돌이켜 생각해 보면 나는 언제나 모든 것을 '좋다'나 '나쁘다'로 정했다. 그것도 나한테 좋다, 나쁘다가 아니라 상대에게 좋은가, 나쁜가로 판단했다. 미리 상대의 기분을 추측하고 상대가 기뻐해 준다면 나를 희생하는 것도 개의치 않았다. 상대가 웃어준다면 그것이 내 행복이라고 믿고 살아왔다.

물론 그것도 잘못은 아니라고 생각한다. 어떤 의미에서는 아주 바른 행위다.

하지만 내 감정을 희생해 온 것은 확실하다. 암의 근본적인 원인은 스트레스입니다, 하고 담당 의사가 말할 때도 나는 스트레스 같은 것 없다, 담당 의사가 하는 말은 틀렸다고 믿어 의심치 않았다.

그러나 이렇게 멍하니 바다를 보고 있으니 내가 지금까지 얼마나 무리하며 벼랑 끝에서 살아왔는지 알 것 같다. 몸은 필사적으로 비명을 질렀다. 이대로는 위험하다고 경고음을 계속 냈지만, 나는 그 소리를 무시하고 내 삶의 방식을 바꾸지 않았다. 그 결과가 4기 암이다. 고집스럽게 혼자 너무 애썼는지도 모른다.

하지만 내 인생은 아직 끝나지 않았다.

무엇이든 받아들이고 좋아할 필요 없다.

더 멋대로 살아도 된다고 바다가, 바람이, 내게 속삭였다. 있는 그대로란 이런 것이구나, 하고 바다를 보며 깨달았다. 바다는 절대 바람을 거스르지 않는다. 밀려드는 파도는 저항 없는 물의 모습이다.

좋은 것은 좋다. 싫은 것은 싫다.

인생 마지막쯤은 마음의 족쇄를 풀어라, 하고 신이 부드럽게 입맞춤하며 말했다.

"시즈쿠 씨, 잘 잤어요?"

다음 날 아침, 식당에 가니 마돈나가 말을 걸었다. 마돈나는 흰색 테 안경을 끼고 열심히 신문을 읽고 있다.

"네, 정말 푹 잤어요. 이렇게 잘 잔 건 정말 오랜만이에요."

과장도 빈말도 아닌, 틀림없는 사실이었다.

"다행입니다. 역시 100퍼센트 천연고무로 만든 라텍스 매트리스 덕분이죠. 저도 매일 밤 푹 자고 있답니다."

여전히 초승달 눈으로 마돈나가 미소 지었다.

"잠을 잘 자는 건 중요하답니다. 그래서 수면 환경에 특히 신경 쓰고 있어요. 잘 자고, 잘 웃고, 마음과 몸을 따뜻하게 하면 행복해진답니다. 시즈쿠 씨, 웃는 얼굴이에요, 웃는 얼굴. 언제나 웃으며 삽시다."

아침이어서인지 마돈나의 목소리 톤이 어제보다 조금 높다.

오늘부터 위그는 쓰지 않기로 했다. 라이온의 집에 있으면 이제 누가 멀뚱멀뚱 보는 일도 없다. 불쌍하다는 얼굴을 하거나 시선을 피하는 사람도 없다.

브래지어도 하지 않았다. 브래지어 따위 하고 싶지 않은데, 그래도 브래지어를 하지 않으면 밖에 나가지 못하는 것이 고역이었다. 가슴은 스웨터 위에 입은 털실 조끼로 가려진다. 위그와 브래지어를 졸업한 것만으로도 몸과 마음이 훨씬 가벼워졌다.

다른 사람들과 아침 식사를 함께하고 싶은 건 아니었지만, 첫날 아침쯤은 식당에 가봐야겠다고 생각했다.

빈자리에 앉아서 기다리고 있으니 좋은 아침입니다, 하고 등 뒤에서 누가 말을 걸어왔다. 머리에 반다나를 감고 있는 남성은 어제 내 방으로 롯카의 발을 닦으러 온 사람이었다. 자기소개를 하는 편이 좋으려나. 좀 귀찮은걸. 나는 무슨 암이고 여명은 어느 정도이고, 서로 이야기하는 것 싫은데. 이런저런 생각을 하고 있는데 남성이 느릿하게 명함을 내밀었다.

"저는, 어, 이런 사람입니다."

거기에는 '서바이버 아와토리스 도모히코(粟鳥洲友彦)'라고 쓰여 있다. 하마터면 쿠리(栗)라고 읽을 뻔하다, 쌀미(米) 밭이니까 쿠리가 아니라 아와(粟)야, 하고 부랴부랴 속으로 정정했다.

"아와토리스 도모히코 씨."

나는 틀리지 않고 잘 읽었다.

"어, 저는."

하고 나도 이름을 말하려고 하는데,

"우미노 시즈쿠 씨."

친숙하게 나를 불렀다. 딱히 생각나는 닉네임도 없어서 나는 방 입구 이름표에 내 본명을 썼다.

"성우나 아이돌 이름 같군요."

내 이름을 말하면 누구나 하는 말을 아와토리스 씨도 했다. 그리고 내게 윙크를 했다.

"나는 옆방에 살고 있습니다. 이웃사촌이니 사이좋게 지내요."

아와토리스 씨는 너무나 친근한 어조로 말했다. 좀 불편한 캐릭터의 출현에 당황하고 있을 때,

"시즈쿠 씨, 신경 쓰지 않아도 됩니다. 그냥 바람둥이 노인네니까요."

두 손에 무겁게 흙냄비를 안은 마돈나가 들으란 듯이 귓속말을 했다.

"그보다 얼른 먹읍시다. 사람은 기다리게 해도 되지만, 죽은 기다리게 하면 안 됩니다."

마돈나가 호탕하게 말했다.

"오늘 아침은 팥죽입니다. 라이온의 집에서는 365일, 매일 아침 다른 죽으로 손님 여러분을 맞이한답니다."

공기에 죽을 받아서 자리에 앉아 먹기 시작했다. 새하얀 죽 안에 팥이 드문드문 떠 있다. 토핑으로 매실절임과 다시마, 자반연어와 타이미소(익힌 도미 살을 으깨어 된장에 섞은 식품) 등이 있다.

실은 병원에서 나오는 죽은 다 먹지 못했다. 다 식고, 걸쭉해서 식감이 이상했다. 그런데 지금 눈앞의 팥죽에

서는 김이 모락모락 나고 있다. 나무 수저로 떠서 한 입 먹으니 지금까지의 죽에 대한 개념이 뿌리째 바뀌었다.

"행복해라."

내게는 맛있음의 최상급 표현이 입에서 흘러나왔다. 맛있는 물처럼 덧없고 청초한 맛이었다.

어느새 나는 토핑으로 맛의 변화를 주는 것도 잊고 정신없이 팥죽을 퍼먹었다. 먹으면 먹을수록 배 속이 따듯해지고 마른 대지에 물이 스며들었다. 죽의 자양분이 몸 구석구석으로 퍼졌다.

죽을 더 달라고 하려고 일어섰다. 흙냄비 옆에 서 있는 동생 마이 씨에게 그릇을 건네자 더 떠 주었다. 어제는 누가 누구인지 몰랐지만, 경단 머리를 한 사람이 언니 시마 씨이고, 단발머리를 한 사람이 동생 마이 씨다.

"맛있죠."

웃는 얼굴로 따끈따끈한 팥죽을 푸면서 마이 씨가 말했다.

"네."

내가 대답하자,

"매일 아침마다 여기 죽을 먹으면 좋은 일이 많이 생

긴대요."

마이 씨가 말했다.

자리에 돌아와 아직 김이 나는 팥죽에 이번에는 매실 절임을 올려서 먹었다. 시다, 그렇지만 맛있다. 자반연어도 올렸다. 이것도 짜다, 그렇지만 맛있다. 몸이 죽, 주욱, 하고 두 다리를 달랑거리며 죽을 더 달라고 요구한다. 리필을 받아온 것도 금세 다 먹어버렸다.

식후에 다시마차를 마시면서 멍하니 있는데 마돈나가 다가왔다.

"어떠세요? 죽, 입에 맞습니까?"

"너무 맛있습니다."

단순한 말이지만, 그 말밖에 생각나지 않았다.

"죽유십리(粥有十利)라고 해서 죽에는 열 가지 좋은 점이 있다고 합니다."

마돈나가 계속 말했다.

"윤기가 돈다. 힘이 난다. 수명이 길어진다. 평온해진다. 머리가 맑고 입안이 상쾌해진다. 소화가 잘된다. 병을 막는다. 허기를 달랜다. 갈증을 달랜다. 쾌변을 한다."

만약 내가 더 빨리 죽을 만났더라면 병도 걸리지 않

았으려나, 하고 이제 와서 어쩔 도리가 없는 일을 생각하면서 마돈나의 말에 귀를 기울였다.

"시즈쿠 씨, 지금부터입니다. 지금부터 당신의 새로운 인생이 시작된답니다. 오늘을 건강하게 보내주세요."

마지막에 마돈나는 그렇게 말하고 빈 흙냄비를 들고 조리실 쪽으로 갔다. 마돈나를 만나면 어제의 소에 관해 물어보려고 했는데 죽에 흥분해서 까맣게 잊어버렸다. 다음에 시간이 있을 때 물어봐야지.

그건 그렇고 다시마차도 은근히 맛있네.

라이온의 집에 온 이후, 아침에 일어나면 제일 먼저 음악을 듣는 것이 일과가 됐다.

오늘도 내게 새로운 아침이 온 것을 실감하면서 이어폰에서 흘러나오는 첼로 소리에 귀를 기울였다. 이 곡은 내 자장가였다고 한다. 아기 때, 18세기 위대한 작곡가가 만든 첼로를 위한 조곡(組曲)을 들려주면 좋아했다고 한다.

한동안 듣지 않았지만, 병을 얻고 내 인생의 마지막을 의식하게 된 뒤로 또 듣고 싶어졌다. 기분 좋은 침구에 감싸여 음악을 들으면서 아침 바다를 보는 것이 더할 나위 없이 행복했다.

이렇게 라이온의 집에서 나의 하루가 시작됐다.

기본적인 생활은 먹는 것과 자는 것뿐이다. 먹고, 자고, 먹고, 자고, 먹고, 자고, 먹고, 잔다. 그 사이에 이따금 '읽고'가 들어가기도 하고 '걷고'가 들어가기도 한다. 희망하면 마사지나 아로마 테라피도 받을 수 있고, 마돈나의 방에 있는 큰 욕조에 몸을 담글 수도 있다.

처음에는 너무 단조롭고 지루하지 않을까 걱정했지만, 기우였다. 단조로운 리듬 속에 색채가 있고, 놀라움이 있어서 조금도 질리지 않았다. 이곳에 와서 나는 음식 맛에 눈을 떴다. 지금까지도 충분히 맛있는 음식을 알고 있다고 생각했다. 하지만 라이온의 집 식사는 그것과는 종류가 다른, 영혼에 직접 울리는 맛이었다.

그러고 보니 나는 끼니마다 식사가 나오길 고대하고 있었다. 요리에는 섬에서 딴 귤이 듬뿍 쓰인다. 나는 옛날부터 귤을 비롯한 감귤류를 무척 좋아했다. 가게에서 사면 깜짝 놀랄 만큼 비싼 유자도 이곳에서는 듬뿍 사용한다. 혼자 살 때는 아까워서 조금밖에 짜넣지 못했는데.

식사는 1일 3회로 아침은 죽, 점심은 식당에서 뷔페 형식으로 매일 샌드위치나 김밥, 수프나 된장국이 준비된다. 그리고 저녁은 한 사람씩 각자 쟁반에 나왔다.

기본은 채식 요리지만, 완전히 채소만 나오는 건 아니고 점심 샌드위치에는 햄이 들어갈 때도 있고, 저녁에는 희망하면 고기나 생선, 혹은 둘 다 먹을 수 있다. 기쁘게도 생선은 100퍼센트 세토우치 산이었다.

이곳에 와서 나흘째, 낮에 침대에서 쉬고 있는데 어디선가 향긋한 향이 흘러왔다. 점심은 레몬 풍미의 유부초밥과 쏨뱅이 된장국이었다. 아직 그 여운이 배에 떠돈다.

궁금해서 문을 여니 향이 점점 짙어졌다. 틀림없이 커피 향이다. 향에 이끌린 나는 어슬렁어슬렁 복도를 걸었다. 향의 출처는 복도 끝에 있는 방이다. 입구 팻말에 '마스터'라고 쓰여 있다. 그대로 서서 향을 맡고 있는데 문이 열리더니 안에서 시마 씨가 얼굴을 내밀었다.

"오늘 마스터 컨디션이 좋아서 커피 끓여준대. 시즈쿠 씨도 줄 서봐."

시마 씨도 내 이름을 외운 것 같다. 머뭇머뭇 안을 들여다보니 그곳에는 이미 줄이 길었다.

"어서 와요."

나와 눈이 마주치자 마스터는 점잖은 목소리로 말했다. 내 방과 거의 같은 넓이의 방이 즉석 카페가 돼 있다. 재즈곡이 희미하게 흘렀다.

마돈나도 줄을 서 있어서 작은 소리로 물었다.

"커피, 저도 마셔도 될까요? 카페인을 섭취하면 좋지 않을까 봐 자제하고 있었는데."

사실은 좋아하는데 투병 중에는 참고 마시지 않았다.

"여기서는 좋아하는 거라면 뭐든 먹고 마셔도 괜찮습니다."

그리고 마스터가 끓여준 커피는 세계 제일이에요, 하고 초승달 눈으로 덧붙였다.

테이블에는 커피를 끓이는 도구가 죽 늘어서 있다. 마스터의 영업 도구일까. 내가 봉제 인형을 가져온 것처럼 마스터는 마지막 거주지에 커피 도구를 가져왔다. 같은 간격으로 나란히 놓인 플라스크에는 아까부터 똑똑 갈색 물방울이 떨어지고 있다.

나이는 50대 후반, 아니, 60대 초반일지도 모른다. 병을 앓으면 갑자기 늙으니 어쩌면 더 젊을지도 모른다. 고급스러운 셔츠에 멜빵바지를 입었다. 목에는 나비넥타이를 맸다. 그것이 신기할 정도로 잘 어울렸다. 만약 아빠가 같은 차림을 하고 있다면, 상상하다 나는 엉겁결에 웃음이 터질 뻔했다.

마스터는 바다를 등지고 진지한 시선으로 커피콩에 뜨거운 물을 붓고 있다. 주둥이가 극단적으로 가늘어지는 물 조리개 모양 용기를 뭐라고 하더라, 생각나지 않는다. 마스터 옆에는 전열기가 놓여 있고, 거기에 올린 주전자에서 계속 김이 나고 있다.

전동 밀로 콩을 갈 때만 엄청난 소리가 났다. 커피콩도 마스터가 직접 가져온 걸까. 마스터의 행동에는 군더더기가 없어서 일련의 아름다운 창작 춤을 보는 것 같았다.

내 순서가 돌아오자, 마스터는 인사를 하고 커피콩 한복판에 뜨거운 물을 부었다. 꼬록꼬록 안에서 작은 기포가 올라왔다. 그 기포가 빛을 반사해 무지갯빛으로 빛났다.

"자, 드세요."

마스터가 건네주는 커피잔을 공손하게, 마치 졸업증서 받듯이 두 손으로 받아 들었다. 컵 아래에는 똑같은 받침이 있고 은색 스푼과 키세스 초콜릿까지 곁들여졌다.

"설탕과 우유 넣으십니까?"

마스터의 점잖은 목소리에 나는 엉겁결에 괜찮습니다, 하고 대답하고 말았다. 그러나 사실은 설탕도 우유도 조금쯤 넣길 바랐다.

"마스터, 너무 편애하는 거 아닙니까?"

내가 커피잔을 들고 마시려던 바로 그때, 뒤에 선 여성이 말했다.

"그렇죠? 나도 그렇게 생각합니다."

어느새 아와토리스 씨도 뒤에 섰다.

"저 지노리(이탈리아의 명품 그릇 브랜드 리차드 지노리) 찻잔이랑 받침, 평소 꺼내지 않는 특별한 거잖아요."

그 여성이 말하자,

"나한테는 자기 컵을 가져오지 않으면 끓여주지 않는다고 했어요. 이건 너무 불공정합니다. 마스터는 그러니까 무뚝뚝한 바람둥이네요. 젊은 여성한테 명백히 특별

대우를 하고 있어요."

저, 그리 젊지 않아요, 생각하면서 두 사람의 대화를 듣고 있었다. 두 사람 다 진심으로 화내는 게 아니란 걸 알지만, 왠지 마음이 불편했다.

찬찬히 음미하고 싶어서 내 방으로 커피를 가져와 바다를 보며 마셨다. 살아 있어서 다행이네, 하고 커피가 속삭이는 것 같았다. 쓰지만 너무 쓰지 않고 짙지만 너무 진하지 않다. 절묘한 안배다. 이거라면 설탕도 우유도 필요 없다.

라이온의 집에 있으면 병에 걸리기 전의 나를 떠올릴 수 있다. 커피를 좋아한 것도 그중 하나다. 한참 동안 커피와 거리를 두고 살아서 내가 커피를 좋아했다는 사실조차 잊을 뻔했다. 그러나 건강할 때는 주말이면 커피숍 순례를 즐겼다.

그러고 보니 건강할 때는 요가도 다녔지.

문득 그 사실이 떠오르니 다시 요가를 해보고 싶어졌다.

남은 커피를 다 마시고 컵을 깨끗이 씻어놓은 뒤, 바닥에 담요를 깔고 가부좌를 틀고 앉았다. 오늘도 하늘은 쾌청하다.

요가 선생님에게 배운 것을 떠올리면서 자세를 취하고 정지했다. 전에는 간단히 할 수 있던 자세가 지금은 엄청나게 어렵기도 하고, 반대로 전에는 어려웠던 자세가 의외로 간단히 되기도 했다. 이제 무서워서 시르사아사나(물구나무서기)는 할 수 없지만. 지금 내 상황에는 골절에 주의해야 한다. 뼈가 약해져서 사소한 동작에도 압박 골절 위험이 있다고 한다. 하지만 무리한 자세를 하지 않아도 팔다리를 펼치는 것만으로 건강한 느낌이 되살아났다.

마지막에는 바닥에 누워서 팔다리를 큰 대자로 펴고 내 호흡을 의식하면서 명상했다.

살아 있다.

나 아직 살아 있다.

그렇게 생각하니 바닷물처럼 이곳에 있다는 실감이 밀려왔다. 둥실둥실 바다에 떠다니는 기분이었다.

얼마나 그렇게 있었을까.

조금 열린 문틈으로 롯카가 방에 들어왔다. 롯카는 재주 좋게 자기 코끝으로 문을 열고 들어왔다. 그런 식으로 지금까지 몇 번이나 내 방에 불쑥 나타났다.

"롯카."

시체 자세로 눈을 감은 채 롯카에게 말을 걸었다. 롯카는 음식물 냄새를 맡을 때처럼 내 귀와 입 주위를 킁킁거렸다. 롯카의 코끝이 촉촉하고 차갑다. 그렇게 구석구석 냄새를 다 맡고 난 롯카는 내 다리 사이로 들어와서 킁킁거렸다.

"거긴 안 돼."

롯카가 하필 그 골에 코끝을 들이밀고 있다.

"야한 기분이 들면 곤란하잖아."

롯카에게라면 그런 소리도 예사로 할 수 있으니 신기했다.

롯카는 한동안 킁킁거리며 골의 냄새를 맡더니 만족했는지 내 치골에 턱을 올리고, 그대로 잠들었다. 간지럽기도 하고 뭔가 좀 민망하다. 그러나 싫지 않다. 오히려 롯카의 콧김이 따듯해서 기분 좋았다.

손을 내밀어 롯카의 머리털을 만져보았다. 보들보들하고, 폭신폭신하고 마치 아기 같다.

중학생 때였을까. 겨울이면 언제나 같이 학교에 가던

동네 친구와 장래의 결혼과 출산 이야기를 했다. 공부를 잘했던 그 친구는 결혼하지 않고 커리어 우먼이 돼서 왕성한 활동을 할 거라고 했다. 아이도 낳지 않고 연애만 많이 하다 인생을 마치겠다고 의기양양한 표정을 지었다. 그리고 너는 어떡할 거야? 하고 물었다.

딸 하나 아들 하나, 최소 두 명은 낳고 싶어.

나는 말했다.

친구처럼 명확한 비전이 있는 건 아니었지만, 막연하게 엄마가 되는 것이 내 꿈이었다. 그 무렵 숙제도 하지 않고 아이 이름을 생각하는 게 즐거웠다. 딸 이름도 아들 이름도 나처럼 한자로 한 글자 이름이었다.

친구는 커리어 우먼이 되겠다고 그렇게 호언하더니 대학 시절에 만난 터키 사람과 결혼해서 지금은 캐나다에 살며 아들 둘을 키우고 있다.

인생이란 정말로 뚜껑을 열어보지 않으면 모른다. 그렇게 출산을 바라고 진지하게 이름까지 생각했던 나는 결과적으로 아이를 가져보지도 못하고 자궁을 들어냈으니.

그래도, 하고 나는 손을 뻗쳤다.

이곳에 와서 롯카를 만났다. 롯카가 내 아이.

이렇게 있으니 정말로 내 자궁에서 자란 생명이 산도를 통해서 나온 것 같은 엄숙한 기분이 들었다.

상반신을 조금 일으켜 보니 롯카가 내 치골을 베개 삼아 기분 좋게 꿈을 꾸고 있다. 꿈에서 즐거운 일을 하고 있는지 음냐 음냐 하고 입가를 실룩거리면서 꼬리를 시원하게 흔들었다.

"롯카, 산책하러 가도 돼요."

다음 날, 나와 롯카의 밀월 상태를 보고 마돈나가 제안해 주었다. 롯카에게 하네스를 채운 뒤 연륜 있어 보이는 목줄을 건네주었다. 인생 최초로 개와 하는 산책이다. 어릴 때, 얼마나 이날을 바랐던가. 배낭에는 점심 식사 때 나온 베이글과 디저트인 찐빵이 들어 있다.

"가자!"

밖으로 나오니 롯카가 서둘러 앞서 나갔다.

"롯카, 천천히. 시짱은 그렇게 빨리 달리지 못한단 말이야."

아무도 옆에 없는 걸 확인하고 나는 말했다.

시짱이란 아빠가 나를 부를 때의 애칭으로 실은 초등학교를 졸업할 때까지 집에서는 그렇게 불렸다.

롯카는 길을 다 아니까 괜찮습니다, 안심하고 따라가세요, 하고 마돈나가 말한 대로 롯카는 좁은 지름길을 나아가서 언덕을 쭉쭉 올라갔다. 풍경을 즐기면서 천천히 걷고 싶은데, 롯카는 조금도 기다려 주지 않았다. 롯카가 엄청난 기세로 나의 세계를 개척한다. 목줄을 놓치지 않도록 생명줄처럼 꽉 잡고 걸어갔다.

타박타박, 타박타박.

롯카와 산책한다는 단지 그 사실이 너무 행복했다. 마음 어디를 어떻게 찾아도 행복 이외의 감정은 보이지 않았다. 병에 걸려 여명을 선고받지 않았더라면 라이온의 집에도 오지 않았을 테고, 마돈나도 만나지 못했다. 레몬 섬의 존재를 알 리도 없었고 세토우치가 이렇게 좋은지도 알지 못했다. 죽이 얼마나 맛있는지도 몰랐을 테고 마스터가 끓여준 커피도 만나지 못했다. 그리고 롯카도 만나지 못했다.

"병에 걸리는 것도 나쁘지 않네."

여전히 맹렬히 돌진할 것 같은 기세의 롯카 등에 대

고 말했다.

"나쁜 일들만 있는 건 아니었어. 시짱 인생은."

병에 걸리길 잘했다는 말은 아직 할 수 없다. 암세포에 감사하는 마음도 아직 들지 않는다. 하지만 이렇게 많은 선물을 받은 것은 사실이다.

그때 갑자기 어디선가 소리가 났다.

"롯카!"

그 소리를 들은 롯카가 꼬리를 꼿꼿하게 세우고 목청껏 멍! 하고 짖었다.

내가 멈춰 서자 롯카가 목줄이 찢길 듯한 기세로 달려가려고 했다.

"목줄 놓아도 괜찮습니다."

내 모습을 보고 있던 그 사람이 말했다. 목줄을 놓자 롯카는 질풍처럼 달려갔다. 그 사람은 밭에 있었다.

"안녕하세요."

롯카 뒤를 따라 밭에 발을 들였다. 롯카는 흥분한 모습으로 밭을 종횡무진 뛰어다녔다. 그곳은 포도밭이었다.

"안녕하세요."

밭에 있는 사람은 나와 동년배이거나 조금 어려 보이

는 남자다. 쓰고 있던 체크무늬 헌팅캡을 살짝 들어 올리고 인사했다.

"풍경이 좋네요."

바다 쪽을 돌아보며 나는 말했다. 까마득한 아래쪽에 파란 바다가 반짝였다.

"이 밭에서 보는 풍경을 저는 제일 좋아한답니다."

그가 말했다.

"저는 라이온의 집의."

하고 말하려는데,

"시즈쿠 씨죠? 우리 며칠 전에 만났습니다."

그가 말했다. 무슨 말인지 의아해하고 있으니,

"왜 혼슈에서 배를 타고 올 때요. 마침 제가 뱃일을 도왔죠."

그가 조금 수줍어하면서 말했다.

"아, 혹시 산타 씨? 빨간 모자 쓰고 있던."

"맞습니다, 맞아요. 그런 모자 쓰고 싶지 않았지만, 선장이 크리스마스니까 서비스 좀 하라고 해서. 늘 신세를 지기도 한 터라 그 정도는 해줘야겠다 싶었어요. 그래서 그날 배에서 아르바이트를 한다고 마돈나에게 말했더니, 그렇다면 시즈쿠 씨가 탈 테니 혹시 곤란해하는 일이 생기면 도와드리라고 하더군요."

"그랬군요."

그런 식으로 자연스럽게 지켜봐 주는 줄은 몰랐다.

"나는 이 밭을 맡고 있는 다히치라고 합니다. 밭전(田)에 태양 할 때 양(陽), 대지의 지(地)를 써서 다히치(田陽地)입니다. 잘 부탁합니다."

다히치가 손을 내밀어서 나도 손을 내밀어 악수했다.

그가 직접 만들었다고 하는 정자 벤치에 앉아서 같이 레모네이드를 마셨다. 레모네이드를 마시고 있으니 배가 슬슬 고팠다. 도시락을 가져왔는데 같이 먹어도 되냐고 물었더니 다히치도 가져온 주먹밥을 먹겠다고 해서 함께 바다를 보며 점심을 먹었다.

도시락을 꺼냈더니 느닷없이 롯카가 달려왔다. 롯카것은 마이 씨가 구워준 강아지용 비스킷을 가져왔다.

다히치는 이 섬에서 태어나 자란 게 아니라, 5년 전 레몬 섬으로 이주해 포도를 재배하고 와인을 만들기 시작했다고 한다. 5년 전이라면 내게 병이 발견됐을 때다. 내가 병과 싸우는 동안, 다히치는 이곳에서 포도를 재배하고 있었다.

"이 섬, 옛날에는 레몬을 많이 재배했지만, 농가 사람들도 고령이 되고 외국에서 싼 레몬이 대량으로 들어오면서 레몬 재배를 그만두는 사람이 많아졌어요. 그래서 황폐해질 대로 황폐해진 땅에 이번에는 포도 묘목을 심어 섬 특산물인 와인을 만들자고, 장래에는 세토우치 와인을 세계로 내보내자는 장대한 계획을 세웠답니다."

다히치는 별일 아닌 것처럼 가볍게 말했다.

"와인 좋아하세요?"

하고 물어서, 네, 하고 대답했다.

"그럼 저희가 만든 와인 꼭 마셔봐 주세요. 라이온의 집에도 있을 테니."

입안 가득 주먹밥을 물면서 다히치가 말했다. 나는 맞장구를 치면서 베이글을 베어 물었다. 이렇게 맛있을 줄 알았으면 더 가져올걸 그랬다.

"사실 마돈나가 먼저 꺼낸 말이었어요. 이곳 세토우치 와인. 호스피스 사람들이 마실 좋은 와인을 만들고 싶다고요. 모르핀 와인이라고 있잖습니까? 그걸 섬에서 만든 와인으로 하고 싶다고. 처음에는 다들 상대도 하지 않고 웃어넘긴 것 같습니다만, 어느새 프로젝트가 진행됐고 저도 얼떨결에 섬에 불려왔죠."

다히치는 주먹밥을 맛있게 먹는 사람이었다. 눅눅해진 김 냄새가 훅 풍겼다.

"모르핀 와인이란 말 들어본 적 있어요. 통증이 심해지면 언제라도 마실 수 있다고 들었어요. 근데 저는 아직 괜찮은 것 같아서 마셔보지 않았어요. 하지만 와인이라면 마셔도 괜찮겠죠."

커피와 마찬가지로 알코올도 몸에 나쁘지 않을까 하고, 한동안 마시지 않았다.

"와인 좋아하시면 마셔보고 꼭 소감을 말해주세요. 드디어 올해부터 본격적으로 마실 수 있게 됐답니다."

와인 이야기가 나오니 다히치의 목소리에 생기가 돌았다.

다히치와 대화에 몰두하다 보니 발밑에 앉아 있던 롯카가 낑하고 찡찡거리는 소리를 냈다.

"자."

다히치가 강아지용 비스킷을 쪼개서 롯카 입에 넣었다. 바삭바삭, 바삭바삭. 롯카는 언제나처럼 듣기 좋은 소리를 냈다.

"이 녀석, 정말로 먹보네요."

다히치가 쓰다듬어 주자 롯카는 기분 좋은 듯이 몸을 뒤집었다.

"이 자리, 내가 없을 때도 마음대로 사용하세요. 아직 춥지만 낮잠도 잘 수 있고 여기서 책을 읽기에도 좋답니다."

내가 돌아갈 채비를 하자 다히치가 말했다. 작업 중인 다히치를 더 이상 방해해서는 안 된다.

"또 놀러 올게요."

내가 말하자 다히치는 다시 체크무늬 헌팅캡을 가볍게 들어 올려 인사했다. 롯카에게 목줄을 채우고 이번에는 타박타박 언덕길을 내려왔다. 돌아오는 길은 갈 때만큼 당기지 않았다.

"고마워, 롯카."

나는 말했다. 롯카가 내게 다히치를 소개해 주었다.

"내가 건강한 몸이었다면 오늘 사랑에 빠졌을지도 모르겠어."

롯카는 그런 나의 의미심장한 발언도 흘려듣고 오로

지 라이온의 집을 향해 걸어갔다.

　오늘 밤에는 추가로 고기를 주문하자. 그리고 다히치의 와인을 마셔보자.

일요일 오후 세 시, 간식실에 사람들이 모였다.

얼마 전 열린 회의 때 이웃 섬에서 온 호스피스 완화 의료 전문 의사와 케어매니저, 도우미, 약사의 모습도 보인다. 아는 사람에게는 가볍게 미소 지으며 인사를 건넸다.

일요일 간식 시간을 애타게 기다린 건 아니지만, 전혀 흥미가 없었다고 하면 거짓말이다. 나도 예전에는 단 음식에 환장했다. 그러나 한때 그렇게 좋아한 간식조차 약의 영향인지 맛있게 넘기지 못했다. 그 후, 단 음식을 먹는 것이 조금 두렵다.

"오늘 간식은 뭘까요?"

일찌감치 와서 난로 가까운 자리를 확보했더니 아와토리스 씨가 다가와 태연히 내 옆에 앉았다. 마스터가 이쪽 빈자리에 와주면 좋을 텐데, 하고 기대했지만, 어쩐지 마스터는 이 모임에 참가하지 않은 것 같다.

"시즈쿠 씨는 주문을 써서 냈습니까?"

아와토리스 씨가 얼굴을 바짝 갖다 대고 내 쪽으로 접근했다. 시력이 나쁜 걸까. 아와토리스 씨의 말투는 어딘지 설교 풍이다.

"아직입니다."

그가 알아차리지 못하도록 조금씩 사이를 벌리며 대답하자,

"빨리 내지 않으면 엉덩이 맴매합니다."

아와토리스 씨가 또 얼굴을 가까이 갖다 댔다.

"무엇을 주문할지 아직 생각이 정리되지 않아서요."

나는 아와토리스 씨와의 거리를 한 번 더 넌지시 떨어뜨리고 자연스럽게 말했다.

"나는요."

묻지도 않았는데 아와토리스 씨가 이야기한다.

"편의점에 파는 롤케이크를 주문했어요. 중학교 때 여학생한테 선물받은 적이 있어서. 근데 이제 팔지 않는다더군요, 아쉽게도."

"그래서 편의점 롤케이크 주문하셨어요?"

손수 만든 간식이 아니라는 것이 어쩐지 아와토리스 씨답게 느껴졌다. 멋대로 아와토리스 씨의 인생을 상상해서 미안하지만, 좀 가엾어졌다. 하지만 당사자인 아와토리스 씨는 덤덤하게 그 간식에 대한 감상을 이야기했다.

"맛있었습니다. 마이 씨가 그럴듯한 봉지에 넣어주어서 더 생각났어요. 그 아이, 지금쯤 어떻게 지내고 있으려나."

아와토리스 씨 이야기를 들으면서도 속으로는 내 추억의 간식을 생각했다. 그랬더니 이런저런 간식 장면이 뇌리를 스쳐, 하나만 고르기가 더 어려워졌다. 아빠가 악전고투하면서 만들어 준 도넛도 포기하기 어렵고, 친한 친구와 크리스마스에 같이 구운 비스킷도 잊기 어려운 맛이었다.

"그럼 시작하겠습니다."

마돈나가 자세를 바로 하고 모두의 앞에 서 있다.

마돈나는 차분한 목소리로 주문 편지를 읽기 시작했다. 그곳에 모인 사람들이 모두 귀를 기울였다.

"저는 대만에서 태어났습니다. 전쟁 중, 아버지가 대만에서 경찰관을 했기 때문입니다. 제게는 형제가 많이 있었습니다. 대만 시절에는 집에 도우미도 있고 유복한 생활을 했다고 합니다. 대만에서 살던 시절의 기억은 거의 없습니다.

일본이 전쟁에 패하자 저희 부모님은 아이들 손을 잡고 일본으로 돌아왔습니다. 살 곳을 잃고 재산도 몰수당해서 친척 집을 전전했다고 합니다. 그 무렵의 생활이 가장 힘들었다고 늙은 어머니는 곧잘 말씀하셨습니다.

초등학교에 다니던 어느 날, 학교에서 돌아왔더니 어머니가 간식을 만들고 있었습니다. 맛있다고 했더니 대만에 있을 때 도우미에게 만드는 법을 배웠다고 하더군요. 이름은 생각나지 않습니다만, 하얗고 두부 같은 식감이었고 대만에서 흔히 먹는 간식이었던 걸로 기억합니다.

그때 아버지가 밭에서 재배한 땅콩을 따서 그걸로 만들었다고 하던 기억이 납니다.

아버지는 가족을 부양하기 위해 근처 강가의 제방 아래 밭을 일구었습니다. 저는 아버지가 대만에서 경찰관이었다는 사실을 상상할 수 없습니다. 아버지는 줄곧 가난한 농부라고 생각해 왔습니다."

잠시 사이를 두고 마돈나가 얼굴을 들었다. 여전히 초승달 눈이어서 그 속의 감정을 읽을 수 없다.

"조사해 보니 여기 쓰여 있는 대만 간식은 두화(豆花)라고 써서 더우화라고 읽는, 두유로 만든 디저트인 것 같습니다. 여름에는 차갑게 겨울에는 따뜻하게 먹는다고 해서 땅콩 수프를 끼얹어 준비했습니다."

촉촉한 목소리로 마돈나가 말하자, 간식실에 모인 사람들에게서 짝짝짝 박수가 터졌다. 시마 씨와 마이 씨가 엄숙하게 모두의 앞에 더우화를 날랐다.

자, 드세요, 하는 목소리에 이어서 제각기 더우화를 먹기 시작했다. 은근히 따뜻하고 은근히 달달하고 물컹

물컹한 덩어리가 목 안으로 스르륵 넘어갔다.

눈 같아, 하고 생각했다.

눈도 손바닥에 올린 순간 사라진다. 더우화도 마찬가지였다. 혀에 올린 순간, 휘릭 하고 어딘가로 사라진다. 모두 먹고 있는 모습을 보면서 제과 담당인 마이 씨가 설명했다.

"위에 뿌린 것은 땅콩 수프입니다. 대만에서는 통조림으로 나올 정도로 흔히 먹는 음식 같더군요. 이번에는 어쩌다 구하게 된 땅콩을 조려서 만들었어요. 몸이 따뜻해지도록 땅콩 수프에는 생강즙을 넣었고요. 그리고 두유를 굳힐 때 콩 비린내라고 하나요, 그걸 지우기 위해 흰간장을 아주 약간 넣었어요. 아직 좀 남았으니 더 먹고 싶은 분은 손을 들어주세요."

독특한 억양에 누긋한 마이 씨의 어조가 기분 좋게 귀에 울렸다.

땅콩 수프를 스푼으로 떠서 입에 넣었다.

눈을 감고 가본 적 없는 대만 시내를 상상했다.

마돈나는 누구의 주문인지 밝히지 않았지만, 바로 알 수 있었다. 더우화를 주문한 사람은 다케오 씨다. 아직 제대로 이야기해 본 적은 없지만, 딱 한 번, 복도를 걸어가고 있을 때 오늘도 날씨가 좋네요, 하고 말을 걸어왔다. 눈빛이 부드럽고 온화해 보이는 할아버지였다.

다케오 씨는 아직 그릇에 담긴 더우화를 바라보기만 할 뿐 먹으려고 하지 않았다. 그래서 알았다. 다케오 씨는 지금 그때의 어머니와 아버지, 형제들을 만나고 있을 것이다. 어머니가 더우화를 만들었다는 건 생활이 조금은 안정됐을 때일지도 모르고, 뭔가 좋은 일이 있었을지도 모른다. 그날 처음으로 아버지 밭에서 땅콩을 수확했을지도 모른다.

다케오 씨는 마치 반가운 무성영화를 보는 듯한 눈으로 더우화를 바라보고 있었다.

설날 아침에는 백합뿌리죽이 나왔다.

섣달그믐 전날 밤부터 나기 시작한 열이 거의 떨어졌지만, 왠지 식당까지 갈 마음이 들지 않아서 방으로 죽을 배달받았다. 옻칠한 빨간 밥그릇 뚜껑을 열자, 향긋한 향이 확 퍼졌다. 흰죽에 노란 유자채가 뿌려져 있다.

좋은 냄새.

눈을 감고 유자 향을 들이마셔, 그 향을 몸속으로 보냈다.

그리고 발밑에 얌전히 앉아 있는 롯카에게 정식으로 인사했다.

"새해 복 많이 받아. 올해도 잘 부탁한다."

롯카에게 세뱃돈으로 신년 스페셜 특대 돼지 뼈를 선물하자, 롯카는 자기만의 아지트에서 먹고 싶었는지 그걸 입에 문 채 도서실 한 모퉁이에 있는 자기 집으로 빠르게 달려갔다.

이런 식으로 해를 넘길 줄은 꿈에도 생각하지 못했다. 친척이 거의 없는 나는 혹시 객사하지 않을까 진심으로 걱정했을 정도다.

백합뿌리죽을 입에 넣을 때마다 행복감이 불꽃처럼 터졌다. 찬찬히 음미하며 먹고 싶은데 수저는 자꾸만 새로운 죽을 입으로 나른다. 오늘은 평소의 내 젓가락이 아니라 봉지에 이름이 쓰인 새 젓가락이다. 아와토리스 씨의 젓가락 봉지에도 '아와토리스 도모히코 씨'라고 진지하게 쓰여 있을 상상을 하니 웃음이 난다.

다 먹고 난 뒤에 오늘이야말로 마스터가 끓여준 커피

를 마실 수 있지 않을까 기대했지만, 오늘도 마스터의 방에서 커피 향이 나는 일은 없었다. 아쉽네, 생각하며 방에서 민들레커피를 끓여 마셨다. 갓 열이 내린 몸이 묘하게 상쾌했다. 몸 바깥쪽을 감쌌던 얇은 표피가 그대로 훌렁 벗겨진 것처럼 몸이 가벼워졌다.

음악을 들으려고 스마트폰을 만지고 있는데, 똑똑, 하고 노크 소리가 나고 도우미의 도움을 받아 휠체어를 탄 여성이 들어왔다. 그는 검정에 가까운 잿빛 수도복을 입고 있었다.

"세뱃돈이에요."

수도복 차림의 할머니는 아주 천천히, 갓 생긴 얇은 얼음에 한 걸음씩 발을 올리듯이 말했다.

세뱃돈이라고 건네준 건 털실로 뜬 편물이다. 딸기 모양이었다.

"코스터?"

나도 천천히 물어보았더니,

"어, 그러니까, 아."

할머니가 우물거렸다. 그 모습을 보고 뒤에 선 도우미가 덧붙였다.

"아크릴 수세미예요. 수녀님이 모두에게 세뱃돈을 주고 싶다고 작년부터 열심히 뜨셨어요."

도우미의 말에 수녀님이라고 불린 여성이 빙그레 웃었다.

"며칠밖에 못 산다고 해서 바로 퇴원하고 라이온의 집에 왔지만, 매일 아침 죽을 기다리는 즐거움으로 살다 보니, 점점 건강해져서 좋아하는 뜨개질도 할 수 있게 되셨어요. 치매에 심부전에 그 밖에도 여러 가지 있지만, 여기 계시니 수명이 늘었나 봐요. 그래서 아직 하늘에서 데리러 오지 않은 것 같아요."

도우미는 나와 시스터, 양쪽에게 말을 걸고 있는 것 같았다.

"수녀님이라면?"

아까부터 궁금했던 것을 도우미에게 물었다.

"이분은요, 줄곧 수녀님으로 살아온 분이세요. 수녀님이었던 시절에는 자신에게도 타인에게도 정말로 엄격해서 사람도 동물도 모기조차도 다가오지 않을 정도였다는데, 병이 나고 치매까지 걸려서 자신이 수녀였다는 걸 까맣게 잊어버리셨어요."

도우미가 아무렇지도 않게 계속 말했다.

"수녀님, 사실은 수도원에서 사는 게 싫었죠? 첫사랑이 있었다면서요? 예수님보다 첫사랑 겐타 씨를 좋아했죠?"

도우미가 수녀님 얼굴을 들여다보며 질문을 거듭하자,

"겐타 씨."

수녀님은 그렇게 말하고 달콤새큼한 사탕이라도 입에 물고 있는 것처럼 수줍게 두 손으로 얼굴을 가렸다. 그 모습은 낙엽이 굴러가도 웃는 소녀의 모습 그 자체였다.

수녀님에게도 어쩌면 전혀 다른 인생이 있었을지도 모른다.

도우미의 이야기를 들으면서 생각했다. 그 기로는 정반대 쪽을 향하고 있었던 게 아니라, 아주 약간 방향이 다를 뿐이어서 처음에는 다른 길이라는 의식 없이 걸었을지도 모른다. 하지만 한번 그 길로 가면 되돌아올 수 없다.

"수녀님은 지금 행복하세요?"

허리를 구부리고 수녀님 눈을 바라보며 물었다. 눈이 인형처럼 순박했다.

"행복해요?"

수녀님이 되물었다.

"어떨까요?"

나도 잘 몰라서 도우미 쪽을 올려다보았다. 도우미가 조용히 말했다.

"불행을 한껏 들이마시고, 토하는 숨을 감사로 바꾸면 당신의 인생은 곧 빛이 나겠지요."

도우미가 빙긋이 웃었다.

"한참 전에 아들을 잃고 괴로워하고 있을 때, 수녀님이 내게 해준 말이랍니다. 실은 그때까지 난 수녀님을 몹시 싫어했어요. 엄청나게 고집쟁이에다 성격이 강해서. 근데 그때는 내 이야기를 묵묵히 들어주며 말씀해 주셨어요. 나도 지금까지 그렇게 살아왔어요, 그러니까 죽음을 맞을 때까지 함께 애써봅시다, 하고. 그 말에 구원을 받았죠. 지금 이렇게 수녀님 옆에 있는 건 그때의 답례랍니다."

도우미는 바로 표정이 바뀌더니 수녀님을 바라보며 말했다.

"그죠, 수녀님. 그때 저를 도와주었죠. 천국에 가면 겐타 씨 만나서 꼭 고백하세요."

젠타 씨라는 이름을 듣고 수녀님 얼굴이 또 발그레해졌다.

"수녀님을 보면서 이렇게 마지막을 보내는 것도 좋구나, 하고 생각해요. 난 아직 무신론자지만, 내가 생각한 대로 살 수 없다, 전부 신만이 안다, 그렇게 생각하죠."

"그러시군요."

나는 말했다. 왠지 수녀님 옆에 있는 것만으로 커다란 나뭇가지에 감싸여 산들바람을 쐬고 있는 기분이 든다.

"인생, 뜻대로 되지 않는 것뿐이네요."

줄곧 느껴온 걸 말로 하고 나니, 의외로 인생이 그런 거지, 뭐, 하는 기분이 들었다. 인생은 뜻대로 되지 않는 거지. 이것이 30년 좀 더 살아온 나의 솔직한 감상이었다. 뜻대로 되지 않기 때문에 그 장애를 넘는 즐거움도 맛볼 수 있을지 모른다. 지금은 그렇게 생각한다.

"오늘 간식은 뭔가요?"

수녀님이 도우미에게 물었다.

"아참, 수녀님. 슬슬 배고프실 때네요."

도우미가 휠체어 방향을 휘릭 바꾸어 밖으로 나가려

고 했다. 바로 조금 전, 점심 식사를 마쳤는데, 수녀님은 식사한 것을 잊은 것 같다.

"수녀님, 세뱃돈 감사합니다. 아껴 쓸게요."

아까워서 못 쓸 것 같아, 라고 생각하면서 수녀님 옆 얼굴에 인사했다. 뭔가 답례하고 싶었지만, 수중에 수녀님이 기뻐할 만한 물건이 아무것도 없었다.

"안녕히."

수녀님은 마치 현역 수녀님이 그러하듯이 우아하게 인사했다. 그 말과 몸짓은 수녀님 몸에 배어 지워지지 않을 것이다.

끄덕 인사를 하고 도우미가 수녀님을 태운 휠체어를 조심스럽게 앞으로 밀었다. 사람은 이렇게 다시 아기로 돌아가는구나.

아침 죽을 기다리는 즐거움으로 오래 살고 있다는 말은 나도 이해할 것 같았다. 라이온의 집에는 여기저기에 당근이 매달려 있다. 거기에는 작은 희망이 가득 박혀 있다.

침대에 누워 음악을 듣고 있으니 거대한 돼지 뼈를 실컷 즐겼는지 롯카가 내 방으로 돌아왔다. 침대 옆에 앉아서 내 쪽을 물끄러미 보고 있다.

올래? 하고 이불자락을 들어 올리니 한 박자 쉬었다가 폴짝 점프해서 내 침대로 파고들었다.

롯카의 몸에서 생생한 짐승 냄새가 난다. 특대 돼지 뼈를 뜯은 탓이리라.

롯카는 한동안 침대 속을 탐험하더니 천천히 내 얼굴로 다가와서 내 팔인지 어깨를 베개 삼아 눈을 감았다. 잠시 후, 평온한 숨소리가 들려왔다.

귀여워, 하는 말을 백 개 늘어놓아도 천 개 늘어놓아도 만 개 늘어놓아도 내 속에 끓어오르는 '귀엽다'는 감정은 쫓아갈 수 없다. 마치 샘에서 달콤한 물이 퐁퐁 솟구치듯이 끊임없이 내 몸 저 밑에서 어떤 감정이 끓어오른다. 그리고 그 감정은 내 손톱 끝과 머리카락, 어금니 안쪽, 내장 구석구석까지 침투한다.

사람들은 이것을 모성이라고 부를 것이다.

내 몸은 모성 엑기스로 꽉 차서 금방이라도 터질 것 같았다. 롯카가 사랑스럽고 사랑스러워서 견딜 수 없을 정도였다.

어느샌가 나도 잠이 들었다. 여전히 롯카는 내 팔베개

를 하고 자고 있다. 꿈을 꾸는 걸까. 이따금 몸을 움찔하기도 하고 다리를 움직이기도 했다. 그러나 압도적으로 많은 동작은 입을 우물우물하는 것이었다. 꿈속에서 롯카는 무슨 맛있는 음식을 먹고 있을까. 상상하니 유쾌해진다.

롯카, 만나서 기뻐.

그렇게 생각하니 갑자기 눈물이 났다.

규칙적이지 않은 심장 고동, 팥색 코에 작은 물방울, 늘 붙어 있는 눈곱, 조금 거칠어진 발바닥, 하품할 때 훅 나는 독특한 입 냄새도 전부 포함해서 나는 롯카를 머리끝부터 발끝까지 좋아하게 됐다.

모처럼 날씨도 쾌청하고 새해여서 밖을 조금 걷고 싶은 생각도 들었지만, 롯카가 기분 좋게 자고 있어서 나도 그대로 롯카 옆에서 한숨 잤다. 롯카 머리는 꽤 무거워서 계속 베고 있으니 팔이 저렸지만, 그것도 참을 수 있을 정도였다.

그보다 나는 줄곧 롯카와 이렇게 있고 싶었다. 롯카는 마치 유탄포(보온 물주머니)처럼 내 마음과 몸을 동시에 따듯하게 해준다.

그날 밤부터 나와 롯카는 한 침대에서 자게 됐다. 청결한 침대에 개를 올라오게 해서 혼나는 건 아닌가 조마조마했지만, 마돈나도 다른 스태프도 아무 말 하지 않아서 안심했다.

다만 이 사실을 안 아와토리스 씨는 몇 번이고 좋겠다, 좋겠다, 롯카 얄밉네, 나도 개가 되고 싶다, 하고 경박스럽게 말했다. 그때마다 나는 무시하고 아와토리스 씨 말을 듣지 않기로 했다.

다히치에게 메일이 온 건 3일 저녁이었다.

식사를 마치고 방으로 돌아오자 '새해'라는 제목의 메일이 와 있었다. 다히치가 만든 레드와인을 막 마신 참이었던 나는 깜짝 놀랐다. 딱 한 잔이었지만, 기분 좋게 취기가 돌았다. 오늘 저녁 고기는 오리 소금구이였다.

시즈쿠 씨에게.

새해 복 많이 받으세요.

어떤 새해를 맞이하고 계신지요? 일출, 장관이었죠.

느닷없이 죄송합니다만, 이번 토요일에 드라이브를 가지 않겠습니까?

이웃 섬까지 와인 배달을 가게 돼서 그날은 종일 차 (라고 해도 고물 경차입니다)를 쓸 수 있습니다.

괜찮으시다면 차로 섬을 안내하게 해주세요.

시즈쿠 씨에게 웃음이 끊이지 않는 좋은 해가 되기를!

다히치

기뻐서 몇 번이고 다시 읽었다.

이 기쁨을 나만 하룻밤 흠뻑 맛본 뒤에 답장을 보낼지, 아니면 지금 당장 가겠습니다! 하고 속공으로 답장을 보낼지 망설이고 망설이다 바로 답장하고 말았다.

다히치 씨에게.

새해 복 많이 받으세요!

올해도 잘 부탁합니다.

드라이브 초대, 감사합니다!

기뻐요.

민폐가 아니라면 꼭 데려가 주세요.

롯카도 함께 가도 될까요?

시즈쿠

물론이죠!

점심 전에 라이온의 집으로 가겠습니다.

어딘가에서 점심을 먹도록 하죠.

그럼 좋은 꿈!

잘 자요.

다히치

나도 모르게 뺨에 미소가 가득해진다.

이거 혹시 인생 마지막 데이트인가. 곧 인생이 끝날지
도 모르면서, 그래도 망상이 빅뱅처럼 커졌다. 물론 단
순한 우정이란 건 알고도 남는다. 나도 이제 와서 뭔가
를 기대하는 건 아니다. 그러나 다히치 같은 멋진 청년
과 드라이브를 하다니 행운이다. 이승에서의 마지막 선
물이 될 거야, 하고 할머니 같은 생각을 하게 된다.

"롯카, 나 뭐 입고 가면 좋을까."

파자마 겸용 저지를 입고 갈 수는 없다. 그렇다고 마
지막 날을 위해 준비한 원피스를 입을 수도 없다.

결국 라이온의 집에 올 때 입은 옷을 입을 수밖에 없
었다. 그때 다히치도 같은 배에 타고 있었다니 똑같은

옷을 입고 가는 게 좀 그렇지만, 어쩔 수 없다. 마돈나가 편지에 쓴 대로 이 섬에서 자기 취향의 옷을 사기는 어려운 일이다.

다음 날은 감기에 걸리면 안 되니까 따뜻한 방에 틀어박혀서 종일 책을 읽으며 보냈다. 발밑이 따뜻해서 몹시 행복했다. 물론 옆에는 롯카가 있다.

그리고 토요일.

쓸까 말까 마지막까지 망설이다 결국 위그를 쓰고 외출했다. 사람들이 나를 힐끗거리는 건 괜찮지만, 다히치까지 시선을 받게 되는 건 가엾다. 그리고 역시 다히치에게 조금이라도 귀엽게 보이고 싶었다. 설령 위그를 쓰는 것이 가짜 모습이라고 해도.

거의 2주일 만에 머리에 쓴 위그는 조금 무겁게 느껴졌다. 되도록 자연스럽게 보이도록 손으로 위그 가발을 빗질했다. 그래도 이제 브래지어는 하지 않는다.

열두 시 조금 전에 다히치가 데리러 와주었다. 나와 롯카는 경차 뒷자리에 올라탔다. 확실히 빈말로라도 깨끗하다고는 할 수 없는 차였다. 하지만 그게 오히려 농

부를 자칭하는 다히치다웠다.

항구 옆에 새로 생긴 이탈리아 식당에서 피자를 먹고, 그 후 다히치가 섬 반대편에 있는 현대미술관에 데려가 주었다. 토요일인데도 불구하고 관광객이 별로 없었다. 예기치 않은 고요함에 기분이 좋았다. 어딜 가도 바다가 보이고 레몬이 반짝거렸다.

바람이 부드럽고 빛이 눈부셔서 내가 살아 있는 것을 실감했다. 다히치에게 여러 가지 이야기를 전하고 싶은데, 감정은 빛의 속도로 마음을 달려가는데, 제대로 말로 표현할 수가 없다. 그래서 많이 웃었다. 웃는 것밖에 할 수 없었다. 이 감사의 마음이 조금이라도 다히치에게 그리고 롯카에게도 전해지길 바라면서.

미술관을 나온 뒤, 한 번 더 섬을 반 바퀴 돌고 이번에는 길고 긴 다리를 건너 이웃 섬으로 향했다. 그곳에서 보는 경치가 또 훌륭했다. 마치 천국으로 길게 이어지는 길 같았다.

"아, 잘했다."

다리를 건너면서 나는 말했다. 다히치에게 들린다면 들리는 대로 괜찮다고 생각하면서.

"라이온의 집에 들어가길 정말 잘했어. 나, 지금 너무 행복해."

정말로 들리지 않았을지도 모르지만, 다히치는 아무 말도 하지 않고 그저 핸들을 꽉 잡고 있었다.

다히치의 와인을 몇 군데 레스토랑에 배달한 뒤, 또 길고 긴 다리를 건너 레몬 섬으로 돌아와서 차를 세우고 신사참배 길에 있는 카페에서 차를 마셨다. 오래된 관공서를 개조한 아주 귀여운 카페였다. 그곳에는 롯카도 들어갈 수 있다고 한다.

카운터에 다양한 감귤류가 진열돼 있다. 노란색을 볼 때마다 마음의 밤하늘에 깜박이는 별이 늘어간다.

거기에도 다히치의 와인이 놓여 있었다. 내가 침을 흘리며 바라보고 있었던 걸까.

"괜찮으시면 드셔보세요. 제가 책임지고 라이온의 집까지 모셔다 드릴 테니."

다히치가 센스 있게 말해주었다.

롯카는 카페 직원에게 사과를 얻어서 신이 났다. 롯카는 어딜 가나 인기였다.

다히치의 말에 넙죽 레드와인을 잔으로 주문했다. 그

리고 배가 좀 고파서 초콜릿 브라우니도 주문했다. 다히치는 감귤류 프레시 주스를 주문했다.

옆에 가까이 갖다준 난로에 손을 쬐면서 물어보았다.

"어떻게 와인을 만들 생각을 했어요?"

오늘 하루, 줄곧 그 사실을 물어보고 싶었다.

"시즈쿠 씨, 갑자기 직구 날리시네."

다히치가 쓴웃음을 지었다. 내게는 시간이 없다. 변화구를 던지며 놀 여유가 없다. 다히치가 말했다.

"포도 재배는, 작업 하나하나는 아주 평범하죠. 흙을 갈고 묘목을 심고 벌레를 잡고. 곁순따기 같은 것도 필요하지만, 포도를 키우는 건 기본적으로 해와 비바람으로, 사람이 할 일은 얼마 되지 않아서 그저 지켜본다고 할까요. 물론 열매를 따는 건 사람밖에 할 수 없지만요. 양조도 자연의 손에 맡길 수밖에 없는데, 실제로 이런 와인을 만들고 싶다고 해서 전부 사람의 힘으로 가능한가 하면 절대 그렇지 않거든요. 솔직히 완성되지 않으면 모르죠. 어쨌든 자연은 위대하고 사람의 힘은 미미하다는 것."

다히치가 주문한 프레시 주스가 시간이 걸리는지 우

리 앞에는 아직 아무것도 나오지 않았다. 다히치는 말을 이었다.

"내가 하는 일의 기본은 지켜보는 거랍니다. 아, 위험하네, 싶을 때는 손을 대지만, 기본적으로는 자연에 맡기기. 그 결과, 깜짝 놀랄 와인이 완성되죠. 와인 한 모금에는 마시는 사람의 인생 자체까지 바꾸는 힘이 있는 것 같아요."

그때, 드디어 음료가 나왔다.

다히치와 가볍게 건배했다. 나는 와인을 잘 모르지만, 다히치가 만든 와인은 월등하게 맛있었다. 처음에는 꽉 오므리고 있다가 마시는 동안 꽃잎이 활짝 펼쳐지는 느낌이어서 마지막 한 방울을 다 마실 무렵에는 마음의 빈틈 가득 꽃밭이 펼쳐졌다.

"아, 제대로 눈물을 흘리고 있네. 다행이다."

다히치가 말했다. 나도 모르는 새 눈물을 흘렸나 하고 눈가에 손가락을 댔더니 다히치가 미안, 미안, 하고 사과했다.

"시즈쿠 씨가 아니라 잔에 묻은 눈물이요."

점점 알 수 없는 말을 한다. 멍하니 있었더니 다히치

가 가르쳐 주었다.

"직업병, 이내 신경이 쓰이거든요. 봐요, 여기에 와인
물방울이 흐른 자국 보이죠? 우리는 와인의 눈물이라고
하는데, 이걸로 그 와인의 알코올 농도와 당도를 알아요."

다히치는 와인이 흘린 눈물이 또렷하게 보이도록 와
인 잔을 촛불 가까이 가져갔다.

"담백한 와인은 눈물 자국이 거의 남지 않고, 깊이 있
는 와인은 많이 운 것처럼 자국이 또렷하게 남아요."

내 손에 와인 잔을 돌려주면서 다히치가 설명했다.

"그런 것 전혀 모르고 마셨네요."

와인이 눈물을 흘리다니 멋있는 표현 같다.

초콜릿 브라우니를 포크로 떠서 입에 넣었다. 눈을 감
고 입속에서 천천히 녹였다. 그리고 또 와인을 마셨다.
몇 번이나 되풀이한 뒤 나는 말했다.

"다히치 씨 맛이 나네요."

별로 깊은 뜻은 없었다. 느닷없이 이름을 불린 다히치
의 뺨이 서서히 빨개졌다. 급기야 귓불까지 새빨개졌다.
뭔가 실례되는 말이라도 한 건가, 하고 반성했지만, 진
심이었다. 잔 속의 레드와인은 정직하고 맑고 부드럽고

해의 온기가 있고, 대지의 강함이 있어서 마치 다히치 같다고 느꼈다. 다히치는 자기 이름에 딱 어울리는 인생을 걸고 있다.

다히치와 좀 더 마주 앉아 있고 싶어서 와인 잔을 빙글빙글 돌리며 남은 와인을 갖고 놀았다. 동지가 지난 탓인지 해가 조금 길어진 느낌이었다.

오래된 마을을 배경으로 할아버지가 손수레를 밀면서 천천히, 아주 천천히 걸어갔다. 그 옆으로 저지 차림의 중학생이 자전거로 추월했다. 아까부터 카페에는 조용한 피아노곡이 흐르고 있고, 다히치가 손가락으로 리듬을 타고 있다.

다히치의 손가락은 몸에 비해 굵고 마디가 울퉁불퉁하며, 손바닥은 그야말로 대지를 경작하는 사람답다. 그 손바닥을 보고 있기만 해도 나는 왠지 기뻤다. 시간만 솜털처럼 둥실둥실 가볍게 흘렀다.

내가 마지막 한 모금을 비우길 기다렸다가 다히치가 말했다.

"요 앞에 아주 근사한 신사(神社)가 있는데요. 거기에 있는 3000년 수령의 녹나무도 볼만하고, 또 근처에 좀

독특한 온천도 있어요. 내가 좋아하는 해변도 이 시간이
면 아직 갈 수 있어요."

전부, 라고는 차마 말할 수 없었다.

"다 마음에 들지만 딱 한 가지만 고른다면 해변이요."

깨끗한 물가에 가서 심호흡을 하고 싶다.

"그럼 지금부터 바다를 보러 갈까요."

말하면서 다히치가 벌떡 일어섰다. 그 말에 얌전히 엎
드려 있던 롯카도 벌떡 일어나 몸을 털었다. 계산을 마
치고 밖으로 나오자, 하늘이 어렴풋이 저물고 있었다.

"와, 로제와인 같아요."

내가 말하자,

"정말이네요, 쓴맛과 단맛의 밸런스가 절묘하네요."

마치 실제로 혀 위에서 로제와인을 굴리는 것 같은
표정을 지으며 다히치가 중얼거렸다.

해변까지는 차로 5분 정도였다. 불안해질 만큼 인적
이 없는 좁은 길을 걸어간 끝에 고즈넉하게 바다가 펼
쳐졌다.

완만하게 호를 그리는 해변은 신이 두 팔 벌려 포옹
하는 것 같다. 금방이라도 삭아내릴 것 같은 작은 배 한

척이 불안하게 흔들리고 있다. 차 문을 열자 롯카가 잽싸게 내려서 그대로 바다를 향해 달려갔다.

"발밑, 잘 보이지 않으니 나를 잡으세요."

차에서 내리자 다히치가 자기 팔을 내밀었다. 다히치와 팔짱을 끼고 걸어갔다. 썰물이 막 밀려가서인지 모래는 촉촉하게 젖었다. 발밑에는 해초와 유리와 조개껍데기가 떨어져 있다.

물가까지 걸어가서 다히치와 끼고 있던 팔을 풀었다. 별이 몇 개 반짝였다. 입술을 깨물고 필사적으로 눈물을 참는 것 같다.

"춥지 않아요? 이걸 둘러요."

다히치가 내 몸을 걱정하며 목도리를 빌려주었다.

"고맙습니다."

다히치의 호의를 순순히 받아들이고 그의 온기가 남은 목도리를 내 목에 둘렀다.

"따듯해졌어요."

어둠에 섞일 것 같은 섬 그림자를 보면서 나는 말했다. 배가 조용히 바다를 건너고 있다. 그 자리에 쭈그리고 앉아 바다를 보았다.

"이렇게 평온한 바다를 매일 보고 자라서 세토우치 사람들은 성격이 온화하군요."

이대로 정적이 흐르면 내 속에서 다히치에게 야릇한 감정이 싹틀 것 같다. 그러니까 무슨 말이든 해서 정적을 깨야 한다.

"나도 이곳에 살게 된 뒤로 전보다 화낼 일이 적어졌을지도 몰라요. 그건 역시 이 바다 덕분이려나, 세토우치의 기후 덕분이려나요."

"다히치 씨도 화를 내요?"

"화내죠, 나도. 원래는 성질이 급한 편이고 사물을 비관적으로 생각하는 편이었어요."

말하면서 다히치도 내 옆에 쭈그리고 앉았다.

"그러나 와인을 만들기 시작한 뒤로 내 생각대로 되는 게 거의 없다는 걸 깨달았어요. 화를 내봐야 상대를 상처 입히기만 하고, 나 자신도 피곤하니 좋을 게 없죠. 이 일을 하면서 느긋해진 것은 확실해요."

"그렇군요. 나도 처음에는 엄청 화가 났어요. 분노하고 또 분노했죠, 내 병에. 어째서 나만 억울하게 걸렸느냐고."

이 사실을 사람들에게 말한 적은 없다. 내 병에 화를 냈다는 사실에 또 다른 내가 화를 냈다.

하지만 아무리 화내고 발을 구르고 짜증을 내고 인형을 모조리 벽에 집어 던져도, 밤새 소리 지르며 울어도 무엇 하나 해결되지 않았다. 해결은커녕 사태는 점점 심각해졌다. 이런 식으로 예쁜 바다를 보고 마음이 치유된 건 울부짖기를 그만두어서다. 생각해 보면 이것도 최근 일이다.

"부탁 하나 해도 될까요?"

지금밖에 말할 기회가 없다고 생각했다. 다히치는 묵묵히 내 목소리에 귀를 기울였다.

"내가 죽으면요, 여기 와서 하늘을 향해 손을 흔들어 주었으면 좋겠어요. 그때는 롯카도 같이 데리고 와주세요. 그럼 나도 열심히 손을 흔들게요."

다히치가 침울해지지 않도록 밝은 목소리로 말했다.

"나요, 죽으면 어떻게 될지 좀 기대돼요. 억지 같은 게 아니고요. 유체이탈이라든가 저세상이라든가, 천국이라든가 꽃밭이라든가 그런 것들이 흥미로워요. 내가 어떻게 될까 하는 불안도 아직 남아 있지만, 그런 즐거움이 있다면 불안도 조금은 해소되지 않을까요."

"즐거움?"

"네, 죽은 뒤의 즐거움. 지금도 라이온의 집에 많이 있잖아요. 말 앞에 당근을 매달고 달리게 하는 것처럼 아침 죽이라든가 점심 뷔페, 저녁의 1국 3찬, 일요일 간식 시간. 뭔가 전부 음식 관련이지만, 그런 당근들이 줄줄이 매달려 있어요. 죽은 뒤에도 그런 즐거움이 있다면 구원받는 기분이 들 것 같아요. 그걸 갖고 싶은 마음으로 앞을 향해 나아간다고 할까. 그러니까 이 해변에서 다히치 씨가 손을 흔들어 주겠다고, 거기에 롯카도 데리고 와주겠다고 약속해 준다면 내겐 그게 당근이 될 거예요. 그것이 기다리고 있다고 생각하면 좀 설렐 것 같아요."

이 마음이 조금이라도 전해지길 기도하면서 나는 말했다.

"좋아요, 약속할게요."

별들에게 선언하는 듯한 목소리로 다히치가 말했다. 다히치라면 분명 약속을 지켜줄 것이다.

"근데 어느 타이밍에 손을 흔들면 돼요?"

다히치가 구체적으로 물었다.

"그러게요. 그걸 정해야겠네."

정확히 언제라는 걸 정하지 않으면 다히치는 줄곧 이 해변에서 손을 흔들어야 한다.

"그럼 내가 죽고 사흘째 되는 날 저녁?"

일주일은 너무 길고, 다음 날은 너무 이르다고 생각해서 약간 사이를 두고 제안했다.

"오케이!"

"잘 부탁합니다."

그리고 벌떡 일어섰다. 다히치도 내 옆에 섰다.

파도가 쏴 밀려갔다. 나도 그대로 파도에 실려 바다 저 너머로 가는 것 같다.

그때, 나는 스스로도 이해되지 않을 정도로 무작정 키스를 하고 싶어졌다.

아무라도 좋다는 건 아니지만, 다히치 씨여서, 라는 것도 좀 아니다. 어쨌든 누군가의 온기가 내 입술을 덮어주길 절실히 바랐다. 더 이상 참을 수 없었다.

옆에 선 다히치의 얼굴에 내 얼굴을 갖다 대고 키스를 했다. 내가 먼저 키스를 청하다니 그것이야말로 인생 최초의 시도였다.

다히치의 머리와 얼굴을 양손으로 감싸고 나는 하고 싶은 대로 다히치의 입술을 마구 탐닉했다. 정신을 차리고 보니 나는 사자가 포획물의 내장을 마구 뜯어먹듯이 다히치의 입술을 빨고 있었다.

나도 뭐가 뭔지 알 수 없었다. 끝난 뒤, 어떻게 변명해야 좋을지도 모르겠다. 그러나 지금은 그러는 것 말고 길이 없었다. 이 포인트를 통과하지 않는다면 앞으로 어디로도 나아갈 수 없을 것 같았다.

도중부터 다히치도 나와 마찬가지로 내 입술을 빨았다. 달콤한 꽃의 꿀을 빨듯이 우리는 서로 상대의 입술을 빨았다. 다히치는 울고 있었다. 아마 나도 울고 있었을 거라고 생각한다.

얼마나 그렇게 있었는지 모르지만, 이제 밀물이 들어올지도 몰라서 다히치의 얼굴에서 조용히 얼굴을 뗐다.

"고마워요."

다른 말은 찾을 수 없었다. 다히치는 아무 말도 하지 않았다. 대신, 나를 꼭 껴안았다. 다히치의 심장 소리가 바로 앞에서 울리고 있다. 여기서 인생이 끝나면 좋을

텐데. 그렇게 바랐지만, 하늘은 확연히 어두워지고 세상
은 밤기운으로 가득했다.

"롯카!"

큰 소리로 부른 것은 다히치였다. 다히치와의 키스에
빠져서 롯카와 함께 온 걸 깜박 잊고 있었다.

몇 초 뒤, 롯카가 해변 끝에서 유성처럼 달려왔다. 그
리고 그대로 내 몸에 점프했다. 입가와 다리는 모래투성
이가 돼 있다. 같이 놀자고 이끌듯이 몇 번이고 내 몸에
안겨들었다.

차로 돌아와서 시동을 걸면서 다히치가 말했다.

"오늘 하루, 같이 어울려 주어서 고맙습니다."

"그건 제가 할 말이네요. 다히치 씨, 고마워요."

내 말에 다히치가 꾸벅 절을 했다.

"괜찮다면 어디 가서 저녁을 먹지 않겠습니까?"

차를 출발시킨 다히치가 스마트폰으로 시간을 확인하
면서 말했다. 벌써 오후 다섯 시가 지나고 있다.

간절히 그러고 싶다. 하지만 나는 강한 의지로 말했다.

"집에 돌아갈래요. 롯카 밥도 가져오지 않았고."

애써 라이온의, 를 생략했다. 이제 라이온의 집은 내

집 그 자체랄까, 마음도 몸도 당연한 듯이 돌아가 잠드는 장소가 됐다.

"그러네요. 그곳의 식사가 섬에서 가장 맛있기로 유명하죠."

섬 바깥쪽을 한 바퀴 도는 도로를 반시계방향으로 달려 라이온의 집으로 향했다. 반나절 내내 밖에 있었더니 역시 피곤했다. 돌아가면 천천히 샤워를 하고 싶다.

아까 마신 와인과 차 안 난방의 상승효과로 눈꺼풀이 무거워졌다. 다히치와 키스를 한 일이 아득히 먼, 마치 전생에서 일어난 일 같았다.

롯카는 내 허벅지를 베개 삼아 곯아떨어졌다. 이따금 코를 골아서, 그 소리가 나라고 착각하지 않게 애써 눈을 또릿또릿하게 뜨고 다히치에게 말을 걸었다. 하지만 의식과는 반대로 꾸벅꾸벅 졸았다. 뇌리에는 아빠와 외출하고 돌아오는 길의 차 안 광경이 떠올랐다.

창 너머에는 밤의 세계가 펼쳐졌다. 목에 두른 목도리에서 다히치 냄새가 난다. 순간이었지만, 기절하듯 깊은 잠에 빠졌다.

"다 왔습니다."

눈을 뜨자 라이온의 집 앞이었다. 한 번 더 다히치에게 고맙다는 인사를 하고 차에서 내렸다. 목도리는 뒷좌석에 가지런히 개어두었다.

"또 포도밭에 놀러 갈게요."

아까의 키스를 없었던 일로 할 생각은 없지만, 그걸 계기로 우리 관계가 급속히 어딘가 다른 차원으로 순간 이동하는 것도 현실적이지 않았다. 그래서 나는 또 태연하게 전과 다름없이 다히치의 밭을 방문하기로 했다.

그 장소에서 보이는 바다와 하늘이 좋으니까.

그리고 다히치도 아주 조금 좋아하니까.

"그럼, 또."

다히치도 분명 같은 기분이었을 거라고 생각한다.

다히치가 운전하는 경차가 보이지 않을 때까지 나는 롯카와 나란히 손을 흔들며 지켜보았다.

그 광경이 눈에 들어온 것은 라이온의 집으로 돌아오려고 몸을 틀었을 때였다. 현관 앞 굵은 양초에 불이 켜져 있었다. 바람에 흔들릴 때마다 주위에 뻗은 그림자가 몸을 크게 흔들었다. 마치 불 그 자체에 감정이 있고, 뭔가를 호소하는 것처럼 보였다. 내가 이곳에 온 뒤, 처음 보는 촛불이었다.

라이온의 집에 머무르는 말기의 우리는 '게스트'라고 불린다. 그리고 게스트가 죽으면 24시간 내내 입구에 놓인 양초에 불을 켜놓는다. 게스트의 시신은 정면 현관을 나와서 화장된다. 병원에서 떠날 때는 그렇지 않다. 시신은 되도록 사람들 눈에 띄지 않게 뒷문으로 슬며시 반출된다.

사전에 받은 라이온의 집 안내에 그런 사항이 적혀 있었다.

신발을 벗고 방으로 걸어가는데 맞은편에서 마돈나가 다가왔다. 내 표정에서 뭔가를 읽었으리라.

"한 시간쯤 전이었을까요. 마스터가 세상을 떠나셨습니다. 명복을 빌어주세요."

한 시간 전이라면 내가 다히치와 해변에 있을 때다.

"시즈쿠 씨, 마스터에게 작별 인사를 하시겠습니까?"

마돈나가 살며시 등에 손을 올렸다.

"어느 쪽이든 괜찮습니다. 시즈쿠 씨가 좋을 대로."

"인사드리겠습니다."

잠시 생각한 뒤, 나는 대답했다.

"그럼 마스터 방으로 같이 갈까요. 마스터도 기뻐하실 겁니다."

죽은 사람을 가까이에서 보는 건 사실 처음이었다. 아직 마음이 준비되지 않았다. 마스터 옆에는 그가 커피를 끓일 때 사용하던 작업 도구가 가지런하게 놓여 있다. 그것들은 마치 마스터의 죽음을 애도하기 위해 모인 옛 친구들 같았다.

"마스터, 맛있는 커피, 감사했습니다."

작은 소리로 말했다. 그 이외의 말을 찾을 수 없었다.

침대에 반듯하게 누워 있는 마스터는 정장 차림이었다. 가슴팍에는 그때와 마찬가지로 광택 있는 소재의 나비넥타이를 매고 있다. 금방이라도 일어나서 모두에게 커피를 대접할 것 같았다.

마스터의 양손은 배 위에서 반듯하게 깍지 끼고 있다. 그 손에 살며시 내 손가락을 올려보았다. 서늘하지만 온기가 남아 있어서 마치 상온으로 돌아오는 도중의 보냉제 같았다.

수고하셨습니다, 편안히 잠드세요, 하고 말하면서 눈을 감고 합장한 뒤, 내 방으로 돌아왔다. 손가락 끝에 계속 보냉제 감촉이 남아 있다.

위그를 벗자 피로가 한꺼번에 몰려왔다. 낮에는 그렇게 즐거웠는데, 한껏 행복을 음미하고 많이 웃었는데, 먼 바다로 흘러가 버렸다. 내가 긁어모으려고 손을 뻗치면 뻗칠수록 되레 저 너머 파문으로 사라져 버린다.

갑자기 나른해져서 침대에 몸을 던지듯이 엎어졌다. 마음에 안개가 끼는 걸 막을 수 없었다. 안개는 점점 짙어지며 존재감을 더해갔다.

나도, 죽는다. 시기는 알 수 없어도 마스터처럼 움직이지 않게 된다.

그렇게 생각하니 지금 하는 모든 일이 무의미하게 느껴져서 사고회로가 전복될 것 같았다. 괴로워서 숨을 쉴 수 없다. 내 가슴에 또 거친 폭풍이 몰아칠 것 같다.

"말도 안 돼! 웃기지 말라고!"

여명을 선고받은 그날, 병원에서 돌아온 나는 옷도 갈아입지 않고 침대에 몸을 던졌다. 내가 가까운 미래에 죽는다는 사실에 아직 뚜렷한 공포는 느끼지 못했다. 그러나 지금까지 참고 참으며 간신히 버텨온 치료가 도루묵이 된 현실에 너무 화가 났다. 나을 가능성을 믿고, 담당 의사의 말을 믿고, 희망을 믿고, 미래를 믿으며 그 고통을 견뎠는데.

"이럴 거면 처음부터 하지 말 걸 그랬어!"

무엇보다 항암 치료를 하기로 마음먹은 나 자신에게 화가 나서 미칠 것 같았다. 결국 내 몸만 아프게 했을 뿐이다. 얻은 것은 하나도 없다. 얻기는커녕 오히려 수명을 단축해 버렸다. 이런 결과가 될 거라면 처음부터 항암 치료 따위 하지 말 것을. 거기에 일말의 희망을 걸었던 내 어리석음에 화가 났다.

나는 침대에서 몸을 일으켜 테이블에 놓인 먹다 만 식빵을 힘껏 벽에 던졌다.

"말도 안 되잖아!"

손바닥에 잼과 버터가 묻었다. 병원에 가기 전, 식빵을 구워서 먹으려고 했지만, 가슴이 메어 거의 먹지 못했다. 사실은 좋아하는 빵 가게에서 더 맛있는 빵을 사고 싶었는데 의료비와 생활비를 걱정하느라 슈퍼에서 싼 빵을 사서 버텼다.

어리석게도 그때는 아직 희미한 기대를 품고 있었다. 암이 싹 사라지는 현실을 상상하면서 달콤한 디저트를 먹은 듯한 기분에 취해 있었다.

"내 인생 돌려줘, 건강하던 몸으로 돌려놓으라고!"

식빵을 던진 것만으로는 분이 풀리지 않아 옆에 있던

인형을 닥치는 대로 집어서 벽이고 마룻바닥이고 마구 내던졌다.

두 살 때 크리스마스에 받은 인형 하나코. 세 살 때 크리스마스에 받은 나비 인형 히짱. 네 살 때 크리스마스에 받은 개구리 인형 폴짝이, 다섯 살 때 크리스마스에 받은 쥐 인형 추요시. 여섯 살 때 크리스마스에 받은 판다 인형 룬룬, 일곱 살 때 크리스마스에 받은 코알라 인형 메구, 여덟 살 때 크리스마스에 받은 정체 모를 인형 엑쿠스. 아홉 살 때 크리스마스에 받은 펭귄 인형 긴타로. 열 살 때 크리스마스에 받은 흰곰 인형 베어, 열한 살 때 크리스마스에 받은 돼지 인형 메리. 열두 살 때 크리스마스에 받은 나무늘보 구우. 열세 살 때 크리스마스에 받은 돌고래 인형 키키.

마룻바닥에 널브러진 인형을 발로 밟고 또 손으로 갈기갈기 찢었다. 히짱의 날개를 잡아떼고 폴짝이의 다리를 부러뜨렸다. 추요시의 눈알을 도려내고 룬룬은 몇 차례고 바닥에 내동댕이쳤다. 학대였다. 인형들이 소리를 낼 줄 알았다면 비명과 신음이 사방에 울려 퍼졌을 것이다.

그것 말고는 아무것도 할 수 없었다. 그렇게라도 하지 않고는 내 안에서 맹수처럼 거칠게 날뛰는 감정을 이길 수 없었다. 나는 인형에게 엉뚱한 화풀이를 하는 못난이였다. 메구의 귀를 자르고 엑쿠스는 고문하듯 다리를 찢었으며 긴타로의 양쪽 날개를 뜯어버렸다. 베어와 메리는 바느질이 튼튼해서 꿈쩍도 하지 않아 창밖으로 던져버렸다. 구우는 몇 번이나 두들겨 팼고, 키키는 터진 부위를 찢어 안에 든 솜을 죄다 꺼냈다.

그런 짓을 하는 내가 한심해서 눈물이 쏟아졌다.

인형들에게 화풀이한다고 아무것도 해결되지 않는다는 것쯤은 잘 알고 있다. 내게 남은 길은 한 가지밖에 없다. 다른 길은 모두 폐쇄돼 통행금지다. 내게는 나의 상황을 받아들이는 선택지밖에 남아 있지 않다. 아무리 울부짖고 발을 동동 굴러도, 나는 이제 그 길을 갈 수밖에 없다.

밤중에 흥분의 파도가 진정된 뒤, 베어와 메리를 주우러 밖으로 나갔다. 바깥 계단에서 올려다본 밤하늘에 별은 하나도 나오지 않았다.

베어는 화단에 걸려 있고 메리는 도로 옆에서 뒹굴고 있었다. 누구한테 채이거나 밟힌 흔적이 없다는 사실에 안도했다.

베어와 메리를 가슴에 안고 나는 가로등이 없는 곳까지 걸어가 그곳에서 한 번 더 하늘을 올려다보았다. 자세히 보니 한 개, 두 개, 세 개, 별빛이 보인다. 하늘 가득한 별은 아니지만, 그것은 베어와 메리가 내게 보여준 특별한 별하늘이었다. 내가 제대로 보려고 하지 않았을 뿐, 별은 언제나 그 자리에 있다. 필사적으로 밤하늘을 찾으면 나를 보아주고 있는 별이 분명히 있다.

의미 없는 것은 하나도 없어.

베어와 메리가 입을 모았다.

암에 걸린 뒤 깨달은 것. 그것은 건강의 고마움과 돈의 고마움과 주위에서 도와주는 친구의 고마움이었다. 있는 게 당연하다고 생각했던 것이 얼마나 귀한 존재인지. 나는 그 사실을 암에 걸린 뒤에야 깨달았다.

"미안해."

내 운명을 저주하기만 했던 과거의 나를 반성했다. 그리고 신에게 감사의 마음을 전하고 싶었다. 지금 내가 이곳에 살아서 존재하는 것에 대한 깊고 깊은 기도와도 비슷한 감사였다.

집에 돌아와서 바느질 상자를 꺼내 와 상처 입힌 인형들을 꿰맸다. 오랜만에 손에 든 바늘이었다. 물론 온전히 원래대로 돌아가진 못했지만, 되도록 예전 모습을 되찾도록 정성껏 꿰맸다.

꿰매면서 이런저런 일을 떠올렸다.

내 셔츠 단추가 떨어지거나 양말이나 타이츠 뒤꿈치에 구멍이 나면 아빠도 곧잘 이렇게 바느질을 해주었다. 그런 것, 부모니까 당연하다고 생각했다. 그러나 당연한 게 아니었다. 퇴근하고 와서 피곤한데 아침 일찍 일어나서 도시락을 만들어 준 것도 내가 기분 좋게 자도록 이불을 말려준 것도 내가 감기에 걸렸을 때 자지 않고 간병해 준 것도 전부, 당연한 게 아니었다.

그 사실을 생각하니 눈물이 멎지 않았다. 아빠는 언제나 내 태양이었고 대가 없는 사랑으로 내게 많은 영양을 보내주었다. 동시에 아빠는 나의 요새였다. 온갖 나쁜 공격에서 나를 지켜주었다. 그런 아빠가 육아를 하며 열심히 일해서 사준 인형을 나는 내 손으로 엉망으로 만들었다. 이런 모습을 보면 아빠가 슬퍼하겠지. 그래서 밤새 상처 입힌 인형을 다 수선했다.

날이 샐 무렵에야 지쳐서 잠이 든 바람에 눈을 뜨니 점심때가 가까웠다. 소파에 인형들이 나란히 있었다. 그런 일을 당했는데도 인형들은 내게 웃어주었다. 그 다정함을 깨달았을 때, 내 속에서 무언가가 뚝 끊어졌다. 이렇게 황폐한 마음인 채로 인생을 마치면 안 되겠다고 생각했다. 아니, 깨달았다.

다시 그 태풍이 와서 하마터면 난파할 뻔한 나를 구원해준 건 롯카였다.

밥을 달라고 재촉하는 것이다. 바닥에 내동댕이치듯이 힘껏 꼬리를 흔들며, 내가 얼굴을 들기를 기다리고 있다. 마치 선수가 일어날 때까지 카운트하는 권투 심판 같다.

"그러네, 살아 있으니 배가 고프구나. 나, 아직 살아 있어. 롯카도 살아 있구나."

이거 정말 대단한 거네, 새삼스럽게 생각하면서 나는 털실 모자를 쓰고 복도로 나갔다.

식당에는 아무도 없었다. 나를 발견하고 주방에 있던 시마 씨가 식사를 다시 데워주었다. 롯카에게도 평소처럼 손수 만든 식사가 나왔다. 시마 씨에게 부탁해서 오늘은 밥 양을 줄였다. 잘 먹겠습니다, 하고 롯카와 같이 먹기 시작했다.

저녁 메뉴는 주꾸미가 들어간 어묵탕에 밥은 16곡 잡곡이었다. 항상 나오는 그릇 세 개 가운데 하나에는 고마도후(흰 참깨를 빻아 갈분을 섞어 넣고 다시마 국물을 부어 익힌 다음 틀에 넣어 식혀 두부 모양으로 굳힌 식품)가 들어 있다. 여기 와서 세 번째 먹는 탱탱한 고마도후는 내가 제일 좋아하는 음식이 돼가고 있다.

먹고 있는데 시마 씨가 내 테이블로 와서 바로 앞자리에 앉았다. 그런 일은 지금까지 없었다. 시마 씨의 얼굴은 자세히 보니 가만히 있어도 평온하게 웃고 있는 듯이 보인다. 어쩌면 시마 씨는 혼자 먹는 나를 배려해서 앉아준 것인지도 모른다.

"늘 맛있는 요리를 만들어 주셔서 고맙습니다."

젓가락 끝으로 주꾸미를 든 채, 나는 꾸벅하고 절을 했다.

시마 씨와 마이 씨가 만들어 준 음식에는 연륜이 있는 사람만이 만들어 낼 수 있는 독특한 호탕함이 있다. 매번 수고를 들여서 만들어 주고 있을 텐데, 두 사람은 자신들의 수고 따위 전혀 생색내지 않고 언제나 생글생글 웃고 있다.

나는 또 묵묵히 먹기 시작했다.

주꾸미에는 알이 빼곡히 차 있었다. 거기에 육수 맛이 흠뻑 배었다. 주꾸미가 세토우치해를 기분 좋게 떠다니는 모습을 상상하면서 맛을 음미했다. 목숨을 내준 것에 진심으로 감사하다고 생각했다.

나 한 사람을 위해 일부러 다시 데워준 걸까. 속이 투명한 무를 젓가락으로 찌르자 김이 확 올라왔다. 그걸 본 순간, 왠지 눈물이 쏟아져서 멎지 않았다. 어떻게 된 거지. 나도 의식하지 못한 마음의 그늘에 김이 나는 따스함이 스며서 자극이 된 걸까.

울면서 먹고 있는데 시마 씨가 자리에서 일어나 주방으로 갔다가 다시 내 앞에 앉았다. 아마 울고 있는 나를 위해 휴지라도 가져왔을 거라고 생각했다. 그런데 아니었다. 나와 눈이 마주치자 시마 씨는 그 타이밍에 씩 웃었다. 앞니에 김이 떠억 붙어 있다.

품, 하고 나는 엉겁결에 웃음을 터트렸다.

품품품품품.

하마터면 머라이온(싱가포르에 있는 입에서 물을 뿜는 사자 모양 분수)처럼 입안의 음식물이 사방에 튈 뻔했다.

동생 마이 씨는 평소에도 장난꾸러기지만, 시마 씨는 과묵한 인상이었다. 그런 시마 씨가 이에 김을 붙이고 장난을 친다. 시마 씨는 지금 자기가 얼마나 웃긴 얼굴을 하고 있는지 모를 것이다. 시마 씨가 말했다.

"기껏 살아 있는데 웃는 얼굴로 맛있는 걸 먹어야지."

그러게요, 하고 대답했더니 이번에는 숙연한 마음에 눈물이 났다.

"마스터가 돌아가신 걸 보니 뭐랄까, 불안해져서."

나는 소리를 쥐어짰다. 마스터가 영원한 잠에 든 표정과 보냉제의 감촉을 떠올리면서.

"나도 말야, 항상 여기서 요리를 하며 생각해. 살아지고 있다고. 태어나는 것도 죽는 것도 내가 정하지 못하잖아. 그래서 죽을 때까지는 살 수밖에 없지."

시마 씨가 말했다.

"그러게 말입니다. 아무리 아등바등해도 내가 내 생명을 정할 수는 없죠. 신에게 맡길 수밖에 없어요."

이야기를 하다 보니 조금 힘이 났다.

예쁜 색으로 익은 어묵 속 달걀에 소스를 듬뿍 찍어 먹었다.

"아, 행복해."

그 말이 나도 모르게 입에서 새어 나왔다.

"인생, 흘러가는 대로 내버려 둬야지."

시마 씨도 다히치와 같은 말을 한다.

"흘러가는 대로 내버려 둬야죠."

내가 말하자 시마 씨는 이에 김을 붙인 채 귀여운 얼굴로 빙그레 웃었다.

와인도 마시지 않았고 밥 양도 적었는데 나는 만족했다. 언젠가는 생명이 다할 테니 그때까지 열심히 이 인생을 맛보자.

식사를 마칠 무렵에는 그렇게 낙관적으로 생각하게 됐다.

그리고 머잖아 두 번째 간식 시간이 찾아왔다. 나는

아직 주문할 것을 정하지 못했다. 오늘도 역시 마돈나의 낭독으로 시작했다. 오늘은 평소보다 하늘이 조금 흐리다. 마돈나는 이따금 종이에 시선을 떨어뜨리면서 낭랑하게 읽었다.

"카늘레라는 과자를 아시는지요?

카늘레란 옛날부터 프랑스에 전해지는 양과자로 정식 이름은 카늘레 드 보르도라고 합니다. 와인으로 유명한 보르도 지방의 보르도 여자 수도원에서 만들어진 과자입니다.

예전에 보르도에서는 와인 찌꺼기를 제거하기 위해 달걀흰자를 사용했다고 합니다. 그래서 노른자가 많이 남아돌았습니다. 그걸 버리지 말고 활용하자고 해서 생각한 것이 카늘레라고 합니다. 카늘레에 사용되는 럼주나 버터는 항구 도시로 번영했던 보르도에 외국에서 들여온 재료였습니다.

저는 대학을 졸업할 때, 돈을 모아서 유럽 여러 나라를 여행하고 왔습니다. 인생 첫 해외여행, 그것도 나 홀로 여행이었습니다.

사실 음식 관련 직업을 갖고 싶었지만, 부모님이 맹렬히 반대해서 마지못해 은행에 취직하기로 했죠. 그래서 나 홀로 유럽 여행으로 마지막 자유를 누리겠다는 각오가 대단했습니다. 가난한 학생 신분이어서 사치는 할 수 없었지만, 싸구려 숙소에 머물며 레스토랑을 순례하던 추억이 있습니다. 연애였다고 할 수도 없지만, 그때 또래 프랑스 여성과 만나 며칠 동안 함께 시간을 보낸 달콤한 추억도 있습니다.

그 여행 중, 파리 카페에서 먹은 것이 카늘레입니다. 맛있다! 하고 생각했죠. 물론 인생 최초의 카늘레였습니다. 일본에서는 맛본 적 없는 어른의 맛이었습니다. 그때 나는 장래에 마스터가 되겠어, 하고 맹세했습니다. 이 카늘레에 어울릴 커피를 끓이는 마스터가 되겠다고.

서른다섯 살 때, 만반의 준비를 하고 은행을 관둔 저는 커피숍을 시작했습니다. 아버지는 이미 세상을 떠났고 어머니도 반대는 하지 않았습니다. 나름대로 은행원으로 성과도 올려서 어느 정도 이해해 주셨을 거라고 생각합니다. 본가 옆에 가게를 얻어 그곳에서 시작했지요.

그 후 커피만 보고 사는 외길 인생을 보냈습니다.

인생 마지막 간식으로 무엇이 먹고 싶은지 생각했을 때, 뇌리에 떠오른 건 학생 시절 마지막 배낭여행에서 먹은 그 카늘레였습니다. 최근에는 우리나라에서도 카늘레가 보입니다만, 그때 먹은 카늘레를 뛰어넘는 카늘레는 만난 적이 없습니다. 은행원으로 살아가려던 내게 꿈을 버리지 말라고, 희망을 가지라고 용기를 북돋아준 카늘레입니다. 카늘레는 내 인생에 샛별 같은 존재였습니다."

거기서 갑자기 마돈나의 목소리가 끊겼다. 이 글을 누가 썼는지는 말하지 않아도 알았다. 마스터는 마치 자기가 이날 세상을 떠날 걸 알고 있는 것처럼 쓰고 있다.

어제, 침대에 누워 있던 마스터의 얼굴이 생각났다. 커피 외길 인생을 살아온 마스터가 진심으로 멋있게 느껴졌다.

눈앞에 카늘레가 나왔다. 흰색 접시에 담긴 그 과자는 표면이 살짝 그을린 듯 희미하게 반짝거렸다.

좋은 곳에 가세요, 하고 마스터에게 기도한 뒤 카늘레에 손을 내밀었다. 두 손을 모으고 작은 부처님을 만지는 것처럼 카늘레를 살며시 감쌌다. 아직 온기가 남아 있었다.

국화꽃 무늬를 원통으로 만든 듯한 아름다운 모양을 잠시 바라보았다. 여러 개의 홈을 손가락으로 더듬어 보니 그곳에서 예쁜 음색이 울릴 것 같았다. 마음껏 어루만진 뒤 카늘레를 손으로 반 나누어서 조금 뜯어 입에 넣었다. 입안에 달콤한 산들바람이 훅 지나갔다.

겉은 바삭하고 향기롭고 안은 솜털처럼 부드럽다. 갑자기 마스터가 끓인 커피를 마시고 싶어졌다. 아주 잘 어울렸을 텐데. 하지만 마스터는 이제 일어나지 않는다. 대신 나온 것은 맑디맑은 꼭두서닛빛 홍차였다. 언젠가 아빠와 손을 잡고 본 아름다운 노을색이다.

모두 숙연하게 카늘레를 먹는 동안 제과를 담당한 마이 씨의 맑은 목소리가 언제나처럼 울렸다.

"카늘레는 어려워요. 무엇보다 내가 맛있는 카늘레를 먹어본 적이 없어서 골(goal)을 알 수 없어요. 그래서 좀 애먹었죠. 맛있는 카늘레가 어떤 건지 가르쳐 준 사람은 마돈나 씨였답니다. 겉을 바삭하게 굽는 게 힘들더라고요. 오븐에 넣었을 때 최초 온도가 높지 않으면 예쁜 색으로 구워지지 않고 겉도 흐물거리고. 온도가 높은 채로 아슬아슬한 순간까지 구워서 탄 색을 입히는 게 어렵더라고요."

이곳에서는 죽음이 하루하루의 생활 속에 자연스럽게 녹아드는구나, 하고 마이 씨의 설명을 들으며 무심히 생각했다. 게스트가 세상을 떠날 때마다 충격받고 울고 있으면 일을 할 수 없게 된다. 그러나 그렇다고 해서 슬프지 않은 건 아니라고, 지금 간식실에 모여서 카늘레를 먹는 스태프들의 표정을 보며 느꼈다. 눈물만이 슬픔을 나타내는 수단은 아니다.

그날 밤, 다케오 씨도 숨을 거두었다. 또 현관 입구의 양초에 불이 켜졌다. 어제와 오늘, 이틀 연속으로 게스트와 이별했다. 다케오 씨와도 마스터와도 깊은 이야기를 나눈 건 아니지만, 마지막 날을 라이온의 집에서 같이 보냈다는 것만으로 내게는 동료이고, 동지이고, 가족이었다.

밤에 롯카와 함께 잠자리에 든 뒤에도 커피를 끓이는 마스터의 진지한 표정과 다케오 씨가 롯카에게 보내던 다정한 시선이 떠올라 눈물이 쏟아졌다.

나는 이곳에 와서 처음으로 잠을 이루지 못하는 밤을

보냈다.

잠을 못 잔 탓인지 몸이 무겁게 느껴졌다. 며칠 전, 다히치와 드라이브를 한 일이 거짓말처럼 느껴졌다.

그 사실을 호소했더니 마돈나가 몇 가지 테라피를 권유해서 받게 됐다.

마돈나는 이 호스피스를 주재하는 간호사로, 완화 케어를 전문으로 하는 의사와 제휴해 적절한 처치를 해준다. 마돈나의 존재는 게스트들의 몸과 마음에 큰 버팀목이었다. 간호사복이 아니라 메이드복을 입고 있는 건 게스트를 접대하는 마음이라고, 나는 나름대로 해석하고 있다.

통증에는 두 가지가 있다고 마돈나는 말했다.

하나는 몸의 통증, 다른 하나는 마음의 통증.

그리고 몸의 통증과 마음의 통증, 양쪽을 제거하지 않으면 행복한 임종은 찾아오지 않는다고. 호스피스는 몸과 마음, 양쪽의 통증을 완화시키는 데 도움을 주는 곳이었다.

내가 호스피스를 선택한 것도 고통스럽게 죽고 싶지 않아서다. 더 이상 아프고 싶지 않았다.

그것은 라이온의 집에 와서 바로 열린 회의 때, 마돈나를 비롯해 내 간병에 관여하는 모든 사람에게 말했다.

살아 있는 시간이 조금 짧아진다 해도 상관없으니 평온한 죽음을 맞기 위해 본인과 주위 스태프가 협력한다. 그러기 위해 레몬 섬에는 자원봉사자도 많다고 한다.

수요일 오후, 음악 테라피를 하러 와준 카모메 씨도 그런 자원봉사자였다.

"처음 뵙겠습니다!"

씩씩하게 내 방에 온 카모메 씨는 큰 입이 특징으로 아주 귀엽게 생겼다. 나는 침대에 누운 채, 카모메 씨를 만났다.

그날은 아침부터 일어나기가 힘들어서 침대에 뒹굴고 있었다. 옆에는 롯카가 줄곧 대기하고 있었다.

"안녕하세요, 잘 부탁합니다."

금방이라도 늦가을 찬바람에 휩쓸려 가버릴 것 같은 목소리에 스스로 움찔하면서 나는 말했다.

"시즈쿠 씨, 말하기 괴로우시면 무리해서 하지 않아도 됩니다. 9할 정도 제가 일방적으로 말할 거니까요. 무대에 서서 진행도 했던 사람이라 말하는 건 익숙해요."

낭랑한 목소리로 카모메 씨가 말했다.

기타 케이스에서 어쿠스틱 기타를 꺼내 줄을 고르며 카모메 씨는 자신의 과거 이야기를 해주었다. 카모메 씨의 스토리는 같은 장면에서 몇 번이고 재생됐는지 물 흐르듯이 줄줄 나왔다.

카모메 씨는 전직 아이돌 가수라고 했다. 그리고 우연히도 우리는 동갑이었다.

"전 열세 살에 섬을 떠났어요. 어릴 때부터 노래를 잘한다고 소문이 나서 도쿄의 기획사에 스카웃 돼, 아이돌 가수로 데뷔했거든요. 데뷔곡은 나름대로 라디오에 나오기도 했지만, 후속곡은 점점 팔리지 않더라고요. 그래도 라이브 활동은 가늘게 계속했답니다.

열세 살 때부터 매니저가 붙어서 어른들 사회에서 살아오다 스무 살 때는 인생의 쓴맛 단맛 다 경험한 기분이 들었어요. 데뷔가 너무 빨랐던 거죠. 게다가 데뷔곡이 조금 히트해서 우쭐해 있었다고나 할까. 아, 이제 떴구나, 착각하고 스스로 성장을 멈춘 거예요. 나를 우쭈쭈쭈해 주던 사람만 믿고 완전히 인형이 됐죠. 섣부른

성공 체험으로 내게 아부하는 사람의 의견만 듣게 돼,
아이돌 노선을 좋아하는 일부 팬밖에 보이지 않게 돼버
렸죠. 뭐, 사람들 대부분이 빠지는 함정에 저도 푹 빠져
버린 거예요.

거기서 어떡하든 탈출하려고 이런 방법 저런 방법을
다 쓰며 발버둥 쳤지만, 수입은 줄어들기만 하고, 그렇
게 내가 좋다고 귀엽다고 하던 팬들도 점점 공연에 오
지 않게 되고. 지금 생각하면 당연해요. 그쪽은 어린아
이를 좋아하니까요. 반올림하면 서른인 아이돌 따위 거
들떠보지도 않는 게 당연했어요.

그래도 20대 후반에 음악의 길을 가고 싶어서 연주
활동은 계속했어요. 아르바이트를 하면서요. 그 무렵에
는 이미 레코드 회사와도 계약이 끊겼고, 소속사에서도
잘려서 어떡하든 스스로 먹고 살아야 했거든요.

그럴 때, 할머니가 병으로 쓰러지셨어요. 그래서 황급
히 섬으로 돌아왔죠. 제가 노래하는 걸 좋아하셔서 베갯
머리에서 불러드렸어요. 어릴 때, 할머니가 가르쳐 준
노래라든가 목욕하며 같이 불렀던 노래도 불러드렸죠.

그러면서 내가 얼마나 노래하는 걸 좋아했는지를 새

삼 깨달았어요. 할머니 베갯머리에서 노래를 부르는 게 얼마나 기뻤는지. 할머니도 그때까지 괴롭게 숨을 쉬었던 것이 거짓말처럼 편해지더니 임종 때 모두에게 웃어 주었어요. 그리고 가족이 지켜보는 가운데 여행을 떠나셨죠.

그래서 노래를 부르는 일은 도시의 무대 위가 아니어도 되는구나, 생각했죠. 내가 행복해진다면 그걸로 됐어, 하고 당시 결심하게 됐답니다. 할머니의 사십구재가 끝나자마자 있는 돈 전부 긁어모아 미국으로 가서, 음악치료사 공부를 했죠. 저는 중졸로 공부는 전혀 못 했지만, 아이돌을 하면서 영어만은 그나마 성실하게 했거든요. 그래서 지금은 본가에 돌아와서 필요로 하는 곳에 찾아가 음악 테라피를 하며 노래를 부르고 있어요. 제 이야기는 이상입니다!"

카모메 씨는 씩씩하게 선언하더니 듣고 싶은 노래 있으세요? 하고 목소리 톤을 낮추어 내게 물었다.

음악은 나름대로 듣지만, 음악은 내 인생의 동반자, 음악이 내게 힘을 주었다, 그 정도는 아니다. 내가 부르는 건 더 못하고, 유행하는 팝송도 거의 모르고, 노래방도 지금까지 한두 번밖에 간 적이 없다.

내가 고개를 가로젓자, 알겠습니다, 하고 카모메 씨는 "그럼 제가 좋아하는 노래를 몇 곡 부를게요, 들어주세요"라고 말했다.

카모메 씨가 나를 위해서만 노래를 불러준다. 노래 제목은 한 곡도 몰랐지만, 카모메 씨의 목소리는 나 같은 아마추어가 들어도 진짜였다. 일단 목소리 자체가 장난 아니게 컸고, 소리가 독특하다고 할까, 그냥 예쁘거나 귀여운 게 아니라 그 안에 많은 스파이스가 섞인 듯한 복잡하고 심오한 음색이었다.

눈을 감고 듣고 있으니, 어딘가 이국의 끝없는 황야를 드라이브하는 기분이 들었다. 운전하고 있는 사람은 아빠인지 다히치인지 모르겠다. 나는 뒷좌석에 앉아서 창밖으로 풍경을 바라본다. 그렇다. 아빠와 소풍 갈 때도 나는 조수석이 아니라 뒷좌석에 앉았다. 졸리면 언제든 누워 자라는 아빠의 자상한 배려였다. 아빠는 언제나 안전 운전을 했다.

"다음은 자장가 메들리이니 졸리면 주무셔도 돼요."

곡의 일부처럼 그렇게 속삭이더니 카모메 씨는 다음

곡으로 넘어갔다. 그건 전부 처음 듣는 선율이었지만, 묘하게 반가웠다.

카모메 씨가 기타를 튕기면서 조용히 자장가를 흥얼거리는 그 옆에서 불룩한 이불 너머로 보이는 바다를 보며 꾸벅꾸벅 졸았다. 바다는 오늘도 보석처럼 빛났다. 오랜만에 기분 좋은 수마가 덮쳐왔다. 귓가에서 찰싹찰싹 바닷소리가 난다. 다히치가 데려다 준 해변에서 들은 소리가 분명하다.

잠에 곯아떨어지기 직전까지 나는 카모메 씨의 노랫소리를 계속 들었다. 달콤하고 안타까운 가성에 안긴 채, 아련히 밀려오는 졸음을 만끽하고 싶었다.

카모메 씨가 어쿠스틱 기타의 마지막 음을 쳤을 때, 세상은 무지갯빛 정적에 싸였다. 천천히 몸을 일으켜서 감사 인사를 전하려고 하는데,

"대단하네요, 대단해. 카모메 씨 최고!"

문 너머 복도에서 손뼉을 치는 소리가 들렸다. 한동안 보지 못했지만, 아와토리스 씨가 틀림없다.

"줄곧 거기 서서 들으셨어요? 클리토리스 씨, 그거 몰래 듣는 거잖아요."

카모메 씨가 의자에서 일어나 내 방 문을 열었다. 거기에는 지난번에 만났을 때보다 안색이 더 나빠진 아와토리스 씨가 서 있었다. 역시 머리에 반다나를 두르고 있다. 복수가 찼는지 배가 더 볼록해졌다.

"클리토리스 씨."

아마도 카모메 씨는 아와토리스 씨를 웃기느라 일부러 틀리게 불러주는 것 같다. 같은 세월을 살아온 사람인데 카모메 씨는 배짱이 두둑하달까, 그릇이 크달까, 서비스 정신이 왕성하다.

"지금 클리토리스 씨가 주문한 곡, 연습하고 있어요. 그거 너무 어렵더라고요, 혼자 부르기."

카모메는 담담히 악기를 케이스에 넣으며 말했다.

"잘 부탁합니다!"

아와토리스 씨가 머리를 숙였다.

"카모메 씨 노랫소리를 들으면서 세상을 떠나는 게 내 제일 큰 꿈입니다."

"알아요. 그렇게 되도록 저도 최선을 다하겠습니다."

기타 케이스를 등에 메듯이 들고 카모메 씨가 방을 나가려고 했다.

또 봐요, 했더니 카모메 씨도 또 봐요, 하며 가볍게 손을 흔들었다. 어디가 어떻게 달라졌는지 구체적으로 설명하기 어려웠지만, 확실히 음악 테라피를 받기 전과 후는 마음속에 출렁이는 느낌이 달랐다.

마음 가득한 감사를 전하고 싶었는데, 카모메 씨에게는 거의 아무것도 전하지 못한 게 미안했다.

몸의 통증은 모르핀 와인을 마시는 것으로 어떻게든 얼버무릴 수 있다. 모르핀 와인을 마시게 된 것은 다히치와 드라이브를 갔을 무렵부터다. 모르핀이라고 하니 처음에는 뭔가 무서웠지만, 다히치가 만든 와인을 마신다고 생각하면 무서움이 줄었다. 마셔보니 그때까지의 통증이 마법처럼 사라지고 몸이 편해졌다.

모르핀 자체는 아주 조금 쓴맛이 났지만, 레드와인과 함께 마시니 그렇게 쓴맛도 느껴지지 않았다. 저녁 먹을 때마다 모르핀 와인을 마시고 그 붕 뜨는 듯한 느낌에 싸인 채 자는 루틴이 이어졌다. 하지만 점점 모르핀 와인이 듣지 않기 시작했다. 밤중에 통증 때문에 깨서 좀처럼 잠을 이루지 못했다.

"시즈쿠 씨, 밤에만 잠자는 숲속의 미녀로 변신해 보

지 않겠어요?"

음악 테라피가 어땠는지 물으러 온 마돈나가 자연스럽게 말했다.

"잠자는, 숲속의 미녀요?"

"네, 미녀요. 하지만 여기서 중요한 건 잠자는, 쪽입니다만. 야간 세데이션이라고 해서 밤에 자는 동안만 수면제를 써서 깊이 잠드는 거랍니다. 세데이션(sedation)은 진정이라는 말인데요. 밤중에 잠들지 못하는 건 통증 때문이기도 하지만, 불안 때문이기도 하다고 생각합니다. 불안은 망상이죠. 망상에 얽매이면 잠을 이루지 못하게 됩니다. 하지만 지금 망상은 필요 없습니다. 망상을 무시하기 위해 몸을 강제로 재우는 겁니다."

"부작용 같은 건?"

물어보았다.

"특별히 없습니다. 시간이 지나면 약효가 떨어져서 아침에는 말짱하게 일어날 수 있답니다. 그래서 건강한 오전 중에는 하고 싶은 대로 하시고, 오후에 테라피를 받고 심신의 통증을 청소하는 건 어떨까요?"

언제나처럼 차분한 목소리로 마돈나는 말했다.

"그러면 롯카와 또 산책할 수 있을까요?"

실은 요 며칠 수면 부족 탓인지 몸이 늘어져서 롯카와 산책을 하지 못했다.

"분명히 그렇게 될 겁니다. 되도록 애써봅시다."

드물게 마돈나가 빙그레 웃었다. 약간 망설이면서 또 한 가지 궁금한 걸 질문했다.

"야간 세데이션을 해도 롯카와 같이 잘 수 있나요?"

"물론입니다."

만약 안 된다고 하면 야간 세데이션은 하지 않아도 된다고 각오하고 있어서 마돈나의 대답에 긴장이 풀렸다.

"아, 다행이다, 저 그게 제일 걱정이어서."

"롯카는 시즈쿠 씨한테 모르핀 이상의 존재입니다. 시즈쿠 씨의 테라피견이라 해도 과언이 아닌데, 떨어뜨릴 수 없습니다. 언제든 함께입니다."

마돈나에게 그 말을 들으니 갑자기 힘이 났다.

"그리고."

오늘은 마돈나에게 시간이 있는 것 같아서 나는 그걸 물어보기로 했다.

"제가 처음 여기 왔을 때, 마돈나가 만들어 준 과자

같은 것, 있었잖아요? 그건 뭐예요? 저 줄곧 궁금해서."

"시즈쿠 씨는 뭐라고 생각했습니까?"

"처음에는 마돈나의 모유인가, 했는데. 아무래도 그건 아닌 것 같고. 저는 신의 모유처럼 느껴졌어요."

"신의 모유라니 좋은 표현이네요. 정확히는 소젖입니다. 우유를 불에 올리고 계속 저으면 그렇게 됩니다."

마돈나가 대답했다.

"계속, 어느 정도요?"

"두 시간이나 세 시간."

마돈나의 대답에 머리가 어질했다. 그렇게 긴 시간, 오로지 냄비 앞에 서서 우유를 저어야 하다니 난 못 한다.

"이런 말 들은 적 없으세요? 소보다 유(乳), 유보다 락 (酪), 락보다 생소(生蘇), 생소보다 숙소(熟蘇), 숙소보다 제호(醍醐), 제호가 최상이니라. 락은 지금으로 말하면 요구르트, 생소는 생크림, 숙소는 버터, 제호는 다섯 가지 맛 중 마지막 맛, 우유에서 얻을 수 있는 것 중 최상의 맛입니다. 불교에서 최고의 진리라는 의미도 있어서 제호미라는 말도 여기서 생겨났답니다."

"어쨌든 훌륭한 것이란 말이군요."

나는 말했다. 그때 마돈나가 한 말의 의미를 이제야 알았다. 마돈나는 인생의 제호미를 맛봐주십시오, 그런 말을 했다.

"그렇습니다. 훌륭한 음식입니다."

납득한 듯이 마돈나가 가볍게 눈을 감았다.

"밤에는 푹 자고 아침에는 맛있게 죽을 먹는 걸 당면 목표로 삼읍시다. 내일 나올 죽을 기대하면서. 시즈쿠 씨, 잘 자고 몸과 마음을 따듯하게 하고 잘 웃는 겁니다. 좋은 인생을 보내자고요."

가만히 내 어깨에 올린 마돈나의 손이 서서히 따듯해 졌다.

야간 세데이션 덕분에 다음 날 아침은 정말로 개운하게 눈을 떴다. 롯카는 내 옆에서 새근새근 자고 있었다. 롯카는 언제나 내 몸 움푹한 곳에 퍼즐처럼 몸을 딱 붙이고 있다. 그렇게 롯카가 기대고 있으면 정말로 내가 낳은 아이가 아닌가 싶다. 사람의 부모는 되지 못했지만, 나는 이런 형태로 롯카와 만나 우정과 애정을 키우고 있다.

모르핀은 엔도르핀과 화학 구조가 비슷하다고 한다. 엔도르핀이란 기쁨과 행복을 느낄 때 방출되는 신경 전달 물질. 그래서 역시 롯카는 내게 모르핀, 아니, 그것보다 더 큰 효과를 가져다주는 극상의 존재, 제호가 된다.

내가 일어나자 롯카도 눈을 떴다. 서로 몸을 부비부비 비비며 언제나처럼 아침 인사를 나누었다. 이것이 롯카에게는 "굿모닝!"이고, 오늘 하루도 즐겁게 보내자! 하고 온몸으로 외치는 것이다.

세수를 하고 컨디션이 좋아서 오랜만에 내 발로 걸어 식당까지 죽을 먹으러 갔다.

신문을 읽고 있던 마돈나가 고개를 들어,

"잘 주무신 것 같군요."

하고 조금 졸린 듯한 눈으로 말했다.

그날은 과일죽이었다. 지금까지 몇 번 그런 날이 있었다. 대체로 아침 죽은 시마 씨가 만들지만, 가끔 마이 씨가 만들면 장난스럽게 과일을 듬뿍 넣은 죽을 만든다.

지난번 과일죽은 복숭아 통조림을 넣은 복숭아죽이었고, 오늘 아침 죽에는 바나나와 캐슈넛이 들어 있다. 이 과일죽이 나온 날을 당첨이라 할지 꽝이라 할지는 각자 취향으로, 나는 당첨이라고 생각하려고 애썼다. 실제로 복숭아죽은 의외로 먹을 만했고, 바나나죽도 적당히 익

힌 바나나가 부드러운 쌀에 잘 스며들어서 그리 위화감
은 느껴지지 않았다.

조용히 바나나죽을 먹고 있으니 대각선 맞은편에 앉
은 마돈나가 천천히 말했다.

"단식으로 뼈와 가죽만 남은 부처님이 깨달음을 얻은
계기가 된 것이 수자타 유미죽이랍니다."

"수자타?"

수자타는 아마 유제품을 판매하는 회사 이름 같은데.
하지만 그 수자타는 아닌 것 같다.

"수자타는 유미죽을 만든 사람의 이름입니다. 그러나
이 이야기에서 중요한 건 수자타보다 유미죽입니다."

죄송합니다, 하고 살짝 웃으면서 조그마한 목소리로
사과했다.

"죽을 계기로 부처님은 깨달음을 얻으셨군요."

나는 말했다.

"맞습니다. 그래서 죽은 아주 훌륭한 음식입니다."

마돈나는 마치 자신이야말로 이 세상에 죽을 고안한
사람이기나 한 것처럼 자랑스러운 표정을 지었다.

"하지만."

나는 문득 의문이 들어서 물어보았다.

"만약 수자타가 부처님에게 유미죽을 공양하지 않았더라면 부처님은 깨달음을 얻지 못했다는 말인가요?"

엉뚱한 질문이었을까. 내 물음에,

"글쎄요, 어땠을까요? 제게 물으셔도……."

마돈나는 곤혹스러운 표정으로 허공을 올려다보았다. 그리고 조용히 잘 먹었습니다, 하고 자리에서 일어나 그릇을 정리하러 갔다.

어제보다 훨씬 몸이 편했다. 이 정도라면 롯카와 또 산책하러 갈 수 있다. 오늘 다히치는 밭에 있을까. 다히치를 만나 이야기를 나누고 싶다. 별것 아닌 시시한 잡담을 하고 깔깔거리며 데굴데굴 웃고 싶다.

그날 오후에는 초상화 테라피를 하는 사람이 와주었다. 일러스트레이터가 자원봉사로 초상화를 그려준다고 한다.

지금까지의 인생에서 가장 즐거웠던 때를 떠올려 달라고 해서 빙그레 웃었더니, 네, 지금 이 웃는 얼굴을 바탕으로 그림을 그릴 테니 편한 자세로 돌아가셔도 괜찮습니다, 하고 말했다.

특별히 주문할 건 없는지 물어서 나는 롯카도 같이 그려주었으면 좋겠다고 부탁했다. 도화지 안에 나와 롯카가 영원히 갇힌다는 건 기쁜 발상이었다. 전에 어딘가에서 개나 고양이는 웃지 않는다, 웃는 것처럼 보일 뿐 실제로는 웃지 않는다는 말을 들은 적이 있지만, 롯카는 정말로 웃었다. 기쁜 일, 즐거운 일, 행복한 일이 있으면 반드시 웃는 얼굴이 된다.

일러스트레이터가 우리 초상화를 완성해 가는 동안, 나는 누워서 책을 읽었다. 이제 어려운 책도 긴 책도 읽을 수 없다. 사람이나 동물을 죽이는 책도 싫다. 불륜이나 배신 같은 것도 고통스러워서, 결국 나는 라이온의 집 상설 도서관에서 그림책만 골라 방에 가져왔다.

그림책이라면 도중까지 읽고 그다음이 걱정돼서 잠이 오지 않는 일도 없고, 사전을 찾지 않으면 모를 어려운 단어도 등장하지 않는다. 악의로 사람을 죽이지도 않는다. 동물은 이따금 죽지만, 그것도 자연스러운 죽음이지 재미 반으로 죽이지 않는다. 죽어가는 암 환자가 등장하는 일도 없다.

그림책이라면 안심하고 페이지를 넘길 수 있다. 게다가 예쁜 그림을 많이 만날 수 있어서 그때마다 마음이 치유된다.

"이런 느낌으로 어떨까요?"

한참 후 일러스트레이터가 얼굴을 들고 막 완성한 그림을 보여주었다.

롯카가 웃고 있다. 게다가 나를 공주님처럼 안아 들고 있고, 그 팔에 안긴 나도 역시 웃고 있다. 현실에는 있을 수 없는 일이었지만, 이 도화지 속의 광경이 현실이라고 생각했다.

나는 끊임없이 롯카에게 보호받고 있다. 롯카의 사랑이 나를 금빛 막으로 푹 감싸고 있다.

"멋져요."

눈물을 글썽이면서 말했다.

"다행이다, 마음에 들어 하셔서."

일러스트레이터가 가슴을 쓸어내렸다.

"매번 본인에게 보여드릴 때는 무진장 긴장돼요. 마음에 들어 하지 않으면 어떡하지, 하고."

"전문 일러스트레이터이신데요?"

"그럼요, 의뢰받은 그림을 그릴 때보다 초상화 자원봉
사 때가 훨씬 긴장된답니다."

"재미있네요."

나는 말했다.

"이 초상화, 너무 좋아요. 감사합니다. 얼른 걸어 달라
고 해야겠어요."

거기에 있는 것은 확실히 나였다. 병에 걸리기 전의
나도 병에 걸린 후인 지금의 나도 아니고, 그 둘 다인
나의 웃는 얼굴이었다. 그래서 너무너무 나라고 느꼈다.

"힘내세요."

팔레트 등의 도구를 재빠르게 정리하고 돌아가는 길
에 일러스트레이터가 상냥하게 말했다.

한때, 힘내, 하고 격려하는 말을 망설이는 풍조가 있
었다. 세상 전체가 그랬는지 내 개인에 한해서였는지 모
르겠다. 하지만 이미 충분히 힘내고 있는 사람에게 또
힘내라고 하는 건 상대를 궁지에 몰기만 할 뿐이니까,
힘내라는 말은 사용하지 않는 편이 좋다고 했다.

확실히 그럴지도 모른다. 더 이상 힘낼 수 없는 사람
에게 힘내라는 격려는 가혹하다. 하지만 내가 애쓰고 있

을 때 누군가 힘내, 하고 응원해 주는 것은 기쁘고 위로
가 됐다.

다만 내 상황이 나빠지면서 주위에서도 힘내라고 더
이상 말하지 않게 됐다. 그래서 참 오랜만에 듣는 말이
었다.

"힘낼게요."

대답했다. 카모메 씨처럼 힘찬 목소리는 나오지 않았
지만, 최선을 다해 힘내겠다고 생각했다.

나는 아직 죽지 않았는걸. 생명이 다할 때까지 힘을
내야지.

내 목표는 그럼 안녕, 하고 손을 흔들면서 밝게 죽는
것이다. 호탕하고 씩씩하게 웃는 얼굴로 저 세상으로 여
행을 떠나는 것이다. 그러기 위한 준비를 지금 라이온의
집에서 하고 있다. 마돈나를 비롯한 많은 사람의 도움을
받으면서.

방에 혼자 남은 뒤, 나는 일러스트레이터가 그려준 그
림과 일대일로 마주했다.

지금까지의 인생에서 가장 즐거웠던 때를 떠올려 주
세요.

아까 일러스트레이터가 말했다. 그 순간, 뇌리에 퍼뜩 떠오른 건 시착실 장면이었다. 여명을 선고받고 라이온의 집에 가기로 결정한 뒤, 내가 세상을 떠날 때 입을 옷을 고를 때의 일이다.

갑자기 그 장면이 떠오르다니 희한하다. 하지만 확실히 내 뇌리에 떠오른 건 그때의 영상이었다. 시착실에서 나는 이것저것 마음에 드는 옷을 골라서 일일이 입어보았다. 거울에 비친 내 얼굴은 아직 그렇게 상태가 나빠 보이지 않았다.

나는 고민했다. 시착도 시작했으면서 그래도 돈이 아깝지 않니, 그렇게 큰돈을 써서 사 봐야 어차피 태워버릴 텐데 그 돈 어딘가에 기부해서 사회에 공헌하는 편이 세상을 위해 좋지 않겠니, 하고 애매한 태도를 취했다. 그때,

"그건 아니지!"

하고 외치는 소리가 났다. 내가 아니라 누군가 다른 사람의 목소리였다. 그 목소리가 내 속의 망설임을 바로 날려주었다. 그러고 나서는 내가 암이라는 것도 잊고 정신없이 다양한 옷을 입어보았다.

그때, 확실히 나는 그 시간을 즐겼다.

야간 세데이션을 하게 된 뒤로 생활의 질이 다시 향상됐다. 삶의 질을 QOL(Quality of Life)이라고 부른다. 마찬가지로 QOD(Quality of Death)라는 말도 있다. 이쪽은 죽음의 질을 의미한다. QOL도 QOD도 내게는 남은 인생의 전부로, 어떻게 살지와 어떻게 죽는지는 같은 문제였다.

토요일 오후, 오랜만에 도시락을 들고 롯카와 함께 산책을 나갔다. 오늘은 테라피 예약도 없어서 시간이 널널했다. 어제보다 기온이 높아져 파란 하늘이 기분 좋아 보였다.

다히치를 만날지도 모른다고 생각했지만, 망설이던 끝에 위그는 쓰지 않고 털실로 짠 모자만 썼다. 오랜만의 산책에 롯카가 폴짝폴짝 뛰었다. 외출하기 전, 마돈나가 "롯카는 목줄을 하지 않아도 시즈쿠 씨 옆을 떠나지 않으니 괜찮아요"라고 해서 롯카는 자유롭게 걷기도 하고 달리기도 했다. 나와 롯카 사이에 신뢰 관계가 생겨나고 있다.

"롯카, 천천히 걸어. 난 그렇게 빨리 달리지 못해."

이름을 불렀더니 롯카가 돌아보았다. 그러나 내가 뒤에 있다는 걸 알자, 또 저쪽으로 달려가 버렸다.

맙소사, 하면서 천방지축을 쫓아갔다.

포도밭에 먼저 도착한 롯카는 밭 울타리 앞에 앉아서 기다리고 있었다. 빨리, 빨리, 재촉하듯이 격렬하게 꼬리를 흔들었다. 마치 관객석에서 선수를 응원하는 치어걸의 술 같다. 1초라도 빨리 다히치 옆에 가고 싶어서 어쩔 줄 모른다. 다히치는 삽으로 구멍을 파고 있었다.

"안녕하세요."

내가 말을 걸자,

"오랜만이에요."

하고 다히치가 목에 건 수건으로 땀을 닦았다.

"점심, 도시락 가져왔는데 저기서 먹어도 될까요?"

다히치가 손수 만들었다는 정자를 가리키자,

"나도 슬슬 점심 먹으려던 참인데 같이 먹을까요."

다히치가 양손에 묻은 흙을 털면서 말했다.

"아, 역시 이 자리는 기분 좋아요. 특등석이네."

바다는 단순히 푸른색이 아니라 옅은 보라로 보이는

곳과 맑은 쪽빛, 선명한 터키블루 등, 무수한 푸른색이 존재했다. 그리고 파도는 금색과 은색으로 반짝였다.

"여기서 종일 이 풍경만 보고 있어도 전혀 질리지 않아요."

도시락을 펼치면서 다히치가 중얼거렸다.

그리고 둘이서 "잘 먹겠습니다" 했다. 다히치가 가져온 물통의 차를 같이 마시자고 권했다.

오늘 점심은 오야키(밀가루나 메밀가루로 얇게 피를 만들어서 팥, 채소 등 소를 넣고 구운 식품으로 나가노현의 향토 요리)였다. 커다란 보온 통에 수제비도 준비돼 있었지만, 수제비는 도시락으로 쌀 수 없다. 그래도 어떤 수제비인지 좀 궁금했다. 식탐 부린다고 웃을까 봐 다히치에게는 말하지 않았다.

"괜찮으면 오야키도 드셔보세요."

배가 고프지 않을까 싶어서 넉넉히 가져왔다.

"이것도 드셔보시라고 말하고 싶지만, 아침에 먹다 남은 걸로 만든 볶음밥이어서 권하지 않을게요. 우엉간장 조림까지 들어가서."

다히치가 멋쩍게 웃었다. 롯카는 아까부터 다히치의

면장갑을 물었다가 뱉었다가 하며 마음대로 갖고 놀고
있다.

"다히치는 섬에서 혼자 살아요?"

되도록 깊은 질문은 하지 않기로 마음속에 브레이크
를 걸고 있었지만, 궁금해서 나도 모르게 물었다.

"네."

다히치가 무심하게 대답했다.

오야키는 안에 드라이카레가 든 것과 채소가 든 것과
팥이 든 것 세 종류였다. 팥이 들어간 것만 미묘하게 모
양이 다른 걸 보니, 팥 오야키는 마이 씨가 만든 것일지
도 모른다. 목이 말라서 다히치의 차를 얻어 마셨다.

"아, 이거 볶은 현미차. 예전에 몸이 안 좋아졌을 때
마돈나가 마시라고 주었어요. 만드는 법도 배웠죠."

"행복해라."

아주 조금 식었지만 구수하고 수프처럼 힘이 있다.

"현미의 영양이 듬뿍 들어 있어서 몸에 아주 좋은 것
같아요."

다히치는 자기가 만든 볶음밥을 묵묵히 먹고 있다.

"마돈나는 정말 대단해요."

반으로 나눈 카레 오야키를 들고 내가 말했다.

"정말, 그 사람은 너무 대단해서 머리를 숙이게 되죠. 좀 특이하지만. 그게 또 그 사람의 매력이겠죠."

다히치는 나의 몇 배, 몇십 배나 마돈나를 잘 알고 있을 것이다.

"이 섬에 라이온의 집이 있는 것 자체가 기적이라고 생각해요. 마돈나는 이 섬에서 태어났어요?"

카레 오야키에는 다짐육이 아니라 소보로 상태의 볶은 두부가 들어 있다.

"마돈나는 타지에서 온 사람이래요. 마돈나의 아버지가 굉장한 자산가로 이 섬에 땅을 갖고 있었나 봐요, 아마. 그러나 병이 나서 마돈나가 간병했다고 들은 적이 있습니다. 마돈나는 친딸이 아니고 양녀인가 그렇대요. 아버지는 집에 돌아가고 싶었지만, 병원에서 임종을 맞이할 수밖에 없었던 것 같아요. 그래서 자신처럼 슬픈 마음으로 떠나는 사람이 조금이라도 줄도록, 재산을 호스피스 운영에 써주기를 희망했대요. 유언대로 마돈나는 간호사와 카운슬러 자격증을 따서 이 섬에 호스피스를 만든 거랍니다."

"굉장한 사람이네요. 마돈나도, 그리고 아버지도."

아버지, 그것도 친아버지가 아닌 사람에게 자랐다는 점에서 마돈나는 나와 같은 처지였다.

"정말 대단하죠. 마돈나는 아버지를 제일 좋아했다는 군요. 아마 친아버지가 누군지 모르는 자신을 키워주신 은혜가 마돈나의 모든 원동력이 됐을 거라고 생각해요. 그래서 마돈나는 가족이 없는 사람을 적극적으로 라이온의 집에 받아들이고 있대요."

"그랬구나."

그래서 나도 라이온의 집에 들여줬구나, 하고 이해했다. 나는 이어서 말했다. 그 화제에 별로 깊이 들어가고 싶지 않았다.

"그보다 이 섬이나 섬 근처 사람들이 자원봉사를 많이 와주시는 게 대단하세요."

음악치료사 카모메 씨도 어제 와준 초상화 테라피 일러스트레이터도.

"그것도 역시 마돈나의 흡인력이겠죠. 하지만 마돈나가 그러면 안 된대요."

"안 된다고요?"

"그러니까 자원봉사자에게만 의지하는 건 좋지 않대요. 전문가에게 제대로 보수를 지불하고 전문가가 호스피스나 병원에 상주하게 해서 서비스를 제공하는 것이 제대로 된 방법이래요. 유럽은 그런 시스템이 이미 완성돼 있다고 하더군요. 근데 일본은 아직 테라피에 대한 인식이 낮다고 언제나 한탄해요. 그래서 한 사람 한 사람에게 맞는 오더메이드 서비스를 하는 것이 어렵대요."

"그렇구나. 자원봉사자들의 선의에 기대기만 하면 안 되는 거군요."

지금까지 그런 시점에서 생각해 본 적이 없었다.

"뭐든 무상이 좋은 건 아니라고나 할까요."

인생에서 언젠가 해보고 싶다고 생각하면서 아직 못 한 것 중 하나가 자원봉사였다. 지진이나 수해 등 재해 뉴스를 볼 때마다 나도 뭔가 피해 지역에 도움이 되고 싶다고 생각했다. 하지만 생각만 할 뿐 실제로 나선 적은 없었다. 만약, 만약에 신이 내게 기회를 준다면 나도 카모메 씨처럼 암으로 고통받는 사람에게 힘이 되고 싶다.

"자원봉사란 게 그렇군요."

나는 말했다.

"네, 모두가 그 일을 해서 생활할 수 있을 정도가 안 되면 꾸준히 계속하지 못하니까요. 마돈나의 아버지도 역시 대단한 사람이었던 것 같습니다. 단순한 부자가 아니라 많은 돈을 어떻게 쓰면 세상을 좋게 만들지를 언제나 진지하게 생각하신 모양이에요. 그 정신이 마돈나에게도 이어졌겠죠. 물론 이 섬에 최초로 호스피스를 만들 때는 상당한 반대에 부딪혔다고 할까, 엄청난 거부 반응이 있었대요. 이 섬을 죽음의 섬으로 만들 생각이냐, 하고. 전혀 그런 게 아닌데 말이죠."

말하고 바로 다히치는 미안해요, 하고 고개를 숙였다.

"괜찮아요."

죽음의 섬이라는 표현, 듣기 불편한 건 사실이지만, 그건 다히치의 마음에서 나온 말이 아니다. 무엇보다 다히치가 나를 환자로 대하지 않기 때문에 할 수 있는 표현이다.

"그렇지만 섬사람들을 설득하고 이해를 구해 지금은 섬사람들이 이곳에 라이온의 집이 있는 걸 자랑으로 생각한답니다. 게다가 라이온의 집이 생긴 덕분에 섬 밖의 병원이 아니라 섬으로 돌아와 익숙한 곳에서 떠나는 사람도 늘어났대요. 라이온의 집에서 임종을 맞는다는 건 섬사람에게도 정석이라고 할까, 동경이라고 할까. 그만큼 마돈나는 신뢰받고 있죠."

"굉장하네요."

나는 말했다. 마돈나는 정말로 존경할 만한 인물이다.

"마돈나가 메이드복을 입는 것도 말이죠. 한번은 내내 웃지 않는 게스트가 있었나 봐요. 어떡하든 그 사람을 임종 하기 전까지는 웃게 해주자는 의견이 나와서, 스태프들이 가장대회를 기획했대요. 그때 마돈나가 메이드복을 입고 가면을 쓰고 나온 걸 보고 그 사람이 드디어 웃어주었대요. 그 후로 메이드복을 계속 입는다는 것 같아요."

마돈나답다고 생각했다. 아직 마돈나의 인생을 극히 일부분밖에 모르지만, 인생의 끝에서 마돈나를 만난 건 신이 준 위대한 선물 같다.

"나는 슬슬 작업하러 갈게요. 시즈쿠 씨는 마음껏 쉬세요."

다히치가 일어섰다. 조용하다고 생각했더니 롯카는

해를 향해 벌러덩 누워서 자고 있다. 게다가 아까부터 파닥파닥 기분 좋게 꼬리를 흔들고 있다.

"이 녀석, 또 먹고 있네."

다히치가 웃었다.

"정말이네요. 롯카가 부러워요. 잘 때나 깨어 있을 때나 언제나 행복하게 꼬리를 흔들고 있어요."

단 한 번이어도 좋으니 롯카와 인생을 교환해서 나도 롯카가 돼보고 싶다. 만약 그 꿈이 이루어진다면 나는 마음껏 레몬 섬을 질주하며 바람과 빛과 놀고 싶다.

롯카를 흉내 내어 정자에 벌러덩 드러눕자, 포도밭 너머로 바다가 보였다. 하늘도 보였다. 다히치가 있다. 롯카도 있다. 어디선지 상쾌한 감귤 향도 난다.

"호화롭네, 최고야."

나는 또 하나의 내게 말했다. 눈을 감으니 산들바람이 내게 담요를 덮어주듯 부드럽게 불어온다.

다히치와 포도밭에서 재회하고, 훈훈한 마음으로 라이온의 집으로 돌아온 것도 잠시, 시끌시끌한 소리에 등이 오싹해졌다.

"이 바보!"

그 날카로운 목소리에 롯카가 나를 돌아보았다.

"네가 내 인생을 엉망진창으로 만든 거잖아!"

벽에 의자라도 던진 걸까. 뭔가가 요란스럽게 깨지는 소리가 울렸다.

내 방에 들어가려고 했지만, 성난 소리가 너무 무섭게 울려서 한동안 복도에 서서 상태를 보고 있었다. 갑자기 누군가가 방 밖으로 뛰쳐나와 롯카에게 해를 끼치려고 한다면 내가 온몸으로 저지해야겠다고 생각했다. 불의의 사태가 일어나지 않도록, 만일을 위해 롯카를 가슴에 꺼안았다.

성난 소리가 들려온 곳은 '선생님'이라고 쓰인 방에서였다. 언제부터 라이온의 집에 있는 사람인지 정확하지 않지만, 그 이름표를 볼 때마다 뭔지 모르게 씁쓸한 기분이 커졌다. 한정된 인생의 나머지 날조차 선생님이고 싶을까. 그런 식으로밖에 살아갈 수 없는 그 사람이 가엾다고 할까, 불쌍하게 느껴졌다.

"당신이 죽어도 누구 하나 슬퍼하지 않을 거라고."

이번에는 여성의 목소리가 들렸다.

"당신은 말야, 누구를 진심으로 사랑한 적 있어? 당신이 가진 건 돈뿐이고 그걸 노리고 주위에 사람이 모였을 뿐이잖아. 당신은 누구도 행복하게 하지 못했잖아!"

"시끄러워. 너 때문에 병이 난 것 몰라!"

마른침을 삼키며 상태를 엿보고 있는데, 선생님 방에서 우는 소리가 들렸다. 마치 세 살짜리 남자아이가 데굴데굴 구르며 우는 것 같은 소리였다. 응석을 부리고 있다. 눈앞에 있는 사람에게도 세상 모두에게도 신에게도 선생님은 응석을 부리고 있다. 병에 걸렸다고 무엇이든 용서되는 건 아닐 텐데.

한동안 내 방 앞에 서서 상황을 지켜보고 있는데, 마돈나가 나왔다.

"괜찮습니다. 헤어진 부인이 만나러 오셔서 하고 싶었던 말씀을 다 하고 계시나 봅니다. 호스피스에 왔다고 해서 누구나 현 상황을 받아들이고 평온하게 시간을 보내진 않는답니다. 저분처럼 안달하며 어떻게든 운명에서 벗어나려고 하는 사람도 많이 있죠. 하지만 사람은 살아 있는 한 바뀔 기회가 있어요. 그것도 역시 사실이니까. 기대해 봅시다."

마돈나는 언제나처럼 침착한 목소리로 말했다. 걱정

할 것 없습니다, 하고 방에 들어가라고 재촉했다.

그때, '모모타로'라고 쓰인 방에서 한 여성이 꽃병을 들고 나왔다. 내 품에 안긴 롯카를 보고, 어머나, 귀여워라, 하고 눈을 가늘게 떴다. 그의 등장으로 날 선 공기가 단번에 동글동글해졌다.

다시 마돈나와 둘만 남은 뒤, 넌지시 마돈나에게 물어보았다.

"모모타로 씨는 새 게스트이신가요?"

"그렇습니다. 지난주에 입주하셨습니다."

마돈나는 간결하게 대답했다.

처음에는 내 문제만으로도 버거웠지만, 요즘은 다른 게스트가 궁금해졌다. 다케오 씨나 마스터와 거의 말을 나눈 적이 없어서다. 인연이 있어 인생에 남은 시간을 같은 곳에서 보내고 있다. 내게도 아직 할 수 있는 일이 있을지도 모른다, 같은 처지이기 때문에 나만 할 수 있는 일이 있을지도 모른다, 그렇게 생각하게 됐다.

"백(百)이라고 쓰고 모모라고 읽는다고 합니다. 세상에는 멋진 이름이 참 많죠."

마돈나는 온화한 목소리로 말했다.

안고 있던 롯카를 내려놓자, 롯카는 자기한테 묻은 나쁜 것을 떨쳐 내듯이 몸을 요란스럽게 털었다.

"롯카, 살이 좀 찐 걸까요?"

안으면 왠지 무겁게 느껴졌다.

"글쎄요, 그렇게 살찐 것처럼 보이지는 않습니다만."

마돈나의 목소리를 들으면서 아하, 롯카의 체중이 늘어난 게 아니라 내 체력이 떨어진 거라는 걸 깨달았다. 내 체력이 떨어진 것뿐이라면 어쩔 수 없지만, 앞으로 롯카를 안거나 팔베개를 해주지 못할 걸 상상하니 너무 슬퍼졌다. 내가 지금 맹렬한 속도로 늙어가고 있다는 걸 실감했다.

"시즈쿠 씨."

마돈나가 내 등에 가만히 손을 올리면서 불렀다. 그곳만이 따스하게 햇볕이 내리쬐는 듯한 기분이 들었다.

"사자는 동물계의 뭔지 아세요?"

"백수의 왕이잖아요?"

"그렇습니다, 정답입니다. 요컨대 사자는 적이 덮칠 거란 걱정이 없답니다. 안심하고 먹고 자고 그러면 되는 거예요."

"그렇군요, 그래서 여기는 라이온의 집이군요."

안개가 걷힌 듯한 기분으로 나는 말했다. 특이한 이름의 유래가 줄곧 궁금했지만, 굳이 마돈나에게 물어보진 않았다. 그러나 지금 겨우 알았다. 여기에 있는 게스트들은 나를 포함, 모두가 라이온, 백수의 왕이다.

"두려워할 건 아무것도 없습니다. 어쨌든 웃는 얼굴로 있는 것이 제일입니다. 시즈쿠 씨, 힘들 때일수록 하늘을 보고 마음껏 웃으세요. 그러면 당신보다 고통스러운 사람들의 희망이 될 수 있답니다."

조용히 그렇게 속삭이고 마돈나는 그 자리를 떠났다.

방에 들어가 거울 앞에 서서 애써 웃는 얼굴을 만들었다.

사람은 있재, 즐거워서 웃는 기 아니고, 웃어서 즐거워지는 기라. 나무젓가락이든 연필이든 뭐든 괜찮으니까, 시험 삼아 한 개 입에 물고 히힛 하고 웃으면서 만화라도 읽어 바래이. 재미있대이. 그라믄 있재, 뇌에 도파민이란 게 나온다 카네. 엄청나재?

문득 요가 교실을 같이 다니던 간사이 출신 친구가 해준 말이 떠올랐다. 마치 그가 바로 옆에서 얼굴에 대고 속삭이는 것 같다.

히죽 웃는 표정을 유지한 채 비누로 손을 씻었다. 공포와 혐오를 느끼면 기분을 전환하기 위해 손을 씻으라고 가르쳐준 것도 그 아이였다. 어쩌면 그 아이도 뭔가 큰 고민을 품고 살아가고 있을지도 모른다. 늘 깔깔 웃고 있고 아무것도 이야기하지 않았지만.

다들 어떻게 지내고 있을까. 건강할까?

나는 오랜만에 병에 걸리기 전 내 인생을 떠올렸다.

주말에는 느긋하게 동네를 산책하고, 청과물 가게에서 과일과 채소를 사서 요리를 하고, 가끔 멀리 나가 등산과 하이킹을 했지. 평일에도 일을 일찍 마치면 영화를 보러 가거나 취미로 시작한 뜨개질을 했지.

그런 아무것도 아닌 일상이 이렇게 소중해질 줄은 상상도 하지 못했다. 천진난만하게 보냈던 그 시절의 날들이 꼭 껴안고 싶을 만큼 사랑스러워졌다.

나는 화장 파우치를 열고 가져온 귀이개에 손을 내밀었다.

뭔가 한 가지, 이 세상에 미련이 있다면 그것은 아빠의 귀 청소다. 어린 시절, 아빠는 무릎에 내 머리를 누이고 귀를 후벼주었다. 나는 그 시간이 미치도록 좋았다. 나는 학교에서 있었던 일이나 친구와 담임 선생님 이야기를 하고, 아빠는 아빠대로 업무상의 고민이나 직장 동료 이야기 등을 했다. 별로 대수롭잖은 이야기였지만, 그래서 더 편하고 때로는 진지한 상담도 가볍게 입에서 나왔다.

아빠가 마지막으로 귀 청소를 해준 것은 언제였더라. 아빠는 언제나 다 마치고 나면 후우 하고 부드럽게 입김을 불어주었지. 그때마다 나는 아빠가 행복해지는 마법을 걸어준 것 같은 기분이 들었다.

그래서일까, 귀를 후빌 때면 아빠 생각이 난다. 내가 라이온의 집까지 가져온 귀이개는 그 무렵부터 아빠가 사용했다. 이 별것 아닌 귀이개까지 아빠와의 추억이 담겨 있다.

물론 이 귀이개도 내 몸과 함께 천국으로 여행을 떠난다. 내 사후의 구체적인 준비와 유골을 어떻게 할지는 변호사와 NPO(비영리기관) 법인 스태프, 그리고 마돈나에게도 전해두었다.

아침에 일어나서 옷을 갈아입고 식당에 갔더니 마돈
나가 언제나 앉는 자리에서 신문을 읽고 있었다. 나를
보자마자 활짝 웃으면서 큰 소리로 말했다.

"시즈쿠 씨, 좋은 뉴스입니다. 신약이 개발됐다고 합
니다. 시즈쿠 씨의 암도 고칠 수 있어요. 잘됐네요. 이제
퇴원할 수 있습니다!"

평소보다 목소리가 밝다.

"정말이에요?"

놀라서 마돈나 옆으로 갔더니,

"보세요, 여기에 신약 기사가 크게 나와 있습니다. 곧 실용화된다고 합니다."

"대박, 대박이네요!"

흥분해서 말했다.

"이제 암으로 고통받는 사람은 없을 거라고 합니다."

잠에서 깨고도 한동안 그 흥분의 여운이 계속됐다. 혹시 지금 이 대화는 사실이지 않을까. 그러나 현실이 아니다. 나는 최근 이런 꿈만 되풀이해서 꾸고 있다. 이것은 내 자신도 의식하지 못한 무의식의 갈망일까. 잠이 깨고 꿈이란 걸 안 순간, 좀 서럽다.

바로 스마트폰을 들고 이어폰을 귀에 꽂았다. 어지간한 것으로는 수습되지 않는 이 감정을 달래줄 건 첼로 소리밖에 없다.

몇 겹으로 쌓인 짙은 음색에 등을 기대고 가볍게 몸을 흔들고 있으니 흘러가는 대로 맡기면 된다고, 바다를 건너는 바람이 내게 살며시 귓속말을 했다. 앞으로 조금 더. 앞으로 조금만 더 이 벼랑에 서 있으면 저쪽 세계로 갈 수 있다. 그 타이밍을 당기는 것도 늦추는 것도 나는 할 수 없다. 내가 할 수 있는 건 그저 이곳에서 가만히 기다리는 것뿐이다.

선생님의 얼굴과 이름이 일치한 것은 다음 날 간식 시간이었다. 선생님은 휠체어를 타고 나타났다. 나이는 일흔 전후일까. 다부진 체격에 낯빛이 붉은 남성이었다.

선생님은 유명인이었다. 수많은 히트곡을 발표한 인기 작사가로 이따금 텔레비전에도 출연했다. 몇 권인가 책도 내서 나도 한 권 읽은 적이 있다. 선생님의 경험을 바탕으로 삶과 나이 들어감에 관해 쓴 책으로 사려 깊으면서도 유머가 있었다. 그 책에서 선생님은 죽음은 두려워할 가치가 없는 것이라고 썼다.

상상했던 것과 이미지가 달라서 실망했다. 휠체어에 앉은 선생님에게는 여전히 주위 사람을 부하처럼 부리며 그들 위에 서려고 하는 듯한 위압적인 공기가 감돌았다. 휠체어를 밀고 있는 스태프에게도 함부로 대했다. 온화하고 다정한 할아버지인 줄 알았는데.

마돈나가 모두의 앞에 서서 인사를 했다. 하지만 평소와 모습이 조금 다르다. 주문 편지를 읽어주는 게 아니라 프릴이 달린 새하얀 앞치마 주머니에서 스마트폰을 꺼냈다. 거기서 들려오는 것은 아직 어린, 그러나 총명할 것 같은 여자아이의 목소리였다.

여자아이는 밝게 말했다.

"제 꿈은 돌고래 조련사가 되는 것입니다. 지난번 여름방학 때 아빠랑 엄마랑 언니랑 오빠랑 수족관에 놀러 가서 돌고래 쇼를 보는데 돌고래들과 헤엄치는 조련사가 너무 멋있었습니다. 입원하기 전까지 저는 한 주에 한 번 수영장에 다녔답니다. 처음에는 발이 닿지 않는 곳에서 수영하는 것이 무섭고, 물을 많이 마셔서 괴로웠지만, 점점 잘하게 됐어요.

올여름, 사실은 바다에 가서 해수욕을 하고 싶었지만, 카테터(중심정맥관)가 빠지면 큰일이어서 바다에는 가지 못했어요. 하지만 병이 나으면 미쿠라섬이라는 곳에서 돌핀 스윔을 시켜주겠다고 엄마가 약속해 주었어요. 그래서 열심히 치료하고 빨리 건강해져서 바다 수영을 하러 가고 싶습니다.

얼마 전에 아빠가 가르쳐 주었는데요, 돌고래는 초음파

를 사용해서 친구와 소통하기도 하고, 먹이가 될 물고기 모양을 파악하기도 한대요. 저는 어른이 되면 조련사가 돼서 돌고래 말을 연구해 돌고래와 대화하고 싶어요.

돌고래 조련사를 꿈꾸기 전에는 목수가 되고 싶었답니다. 목수가 되면 내 손으로 우리 집을 지을 수 있으니까요. 가족 모두 살 수 있는 커다란 집을 짓고 싶어요. 그렇지만 이 말을 했더니 언니가 웃었어요. 만약 두 가지 꿈이 이루어진다면 저는 돌고래를 위해 바닷속에 집을 짓고 싶습니다. 그리고 저도 그곳에서 같이 살아보고 싶어요."

'모모타로'라고 쓰인 방에 이렇게 귀여운 소녀가 있었다니, 전혀 알지 못했다.

평소 간식 시간과 달랐던 것은 그 후 모모의 가족이 등장하면서다. 아빠는 가족을 대표하듯이 모두 앞에서 깊이 머리를 숙여 인사한 뒤, 어딘가 먼 한 점을 바라보며 긴장한 표정으로 이야기를 시작했다.

"모모는 아주 말괄량이로 밖에서 노는 걸 무진장 좋아하는 아이였습니다. 어찌나 활달한지 사내 녀석 같아서 우리 가족은 모모타로(일본 전설 속의 주인공인 용맹한 남자아이)라고 불렀을 정도입니다. 한겨울에도 반팔로 밖을 돌아다녔지만 감기 한 번 걸린 적 없을 만큼 건강한 아이였습니다. 근데 열 살 생일을 맞이하기 조금 전부터 비틀거리며 걷더군요.

그때, 저는 어리석게도 모모가 장난치는 줄 알고 야단을 쳤습니다만, 모모는 자주 엎어지고, 학교가 끝나면 줄곧 밖에서 놀던 아이가 소파에서 자는 일이 많아졌습니다.

이건 아무래도 이상하다고 생각해서 동네 내과에 데려갔더니 빨리 대학 병원에 가서 제대로 검사를 받으라고 했습니다. 그리고 MRI 검사 결과 병명을 알게 됐고, 앞으로 1년밖에 살지 못한다는 선고를 받았습니다.

바로 입원해서 방사선 치료를 받게 됐습니다. 아프고 고통스러울 텐데 모모는 이를 악물고 잘 견뎠습니다. 내 딸이지만 정말로 훌륭했습니다. 구토를 견디면서도 가족을 웃게 하는 모모를 진심으로 자랑스럽게 생각했습니다.

모모는 지금 라이온의 집에서 인생 마지막 날을 보내고 있습니다.

방금 여러분께서 들으신 모모의 육성은 여기 와서 간식 시간의 존재를 안 모모가 방에서 혼자 녹음한 것입니다. 깜빡했는지 간식에 관해서는 아무 언급도 하지 않은 게 모모답습니다만. 그때에 비해 모모의 상태가 많이 나빠졌습니다. 그래도 모모는 지금도 살아갈 의욕이 넘칩니다. 최선을 다해서 병마와 싸우며 살려고 하는 모모를 부디 함께 응원해 주십시오."

이따금 목이 메면서도 모모의 아빠는 마지막까지 의연한 태도를 흩트리지 않았다.

눈앞에 애플파이가 나왔다. 애플파이 옆에는 아이스크림이 곁들여져 있었다.

이번에는 모모의 엄마가 사람들 앞에 서서 설명했다.

"치료할 때, 모모가 딱 한 번 운 적이 있답니다. 그것도 너무나 모모다운 일입니다만, 통증이나 고통으로 운게 아니라 배가 고프다며 엉엉 울더군요. 그때는 치료를 위해 식사 제한을 하고 있었거든요. 모모의 마음을 딴데로 돌리기 위해 모모 지금 뭐가 가장 먹고 싶어? 하고 물었더니, 모모는 제일 먼저 애플파이라고 했습니다. 좀 의외였습니다. 저는 당연히 주먹밥이라고 할 줄 알았거든요. 흰밥을 정말 좋아해서 말이죠.

근데 모모는 애플파이라고 했습니다. 지금 돌이켜보면 그때 모모는 꽤 많이 지쳐 있었다고 할까, 버티고 있었을 겁니다. 그래서 무의식중에 단 음식을 먹고 싶어 했던 게 아닐까요. 오늘은 좀 억지를 부려서 저도 주방에 들어가 시노 자매 두 분과 함께 애플파이를 만들었습니다. 부디 맛있을 때 드세요."

눈앞의 애플파이에서 달콤하고 부드럽고 평온한 향이 났다. 마치 모모의 어머니 목소리를 그대로 과자로 만든 것 같다. 아직 모모를 만난 적이 없지만, 모모에게 친근감이 느껴졌다.

모모 대신에 먹을 생각으로 애플파이를 포크로 집었다. 새콤달콤한 사과 맛이 몸 구석구석까지 퍼졌다. 파이 표면이 반짝반짝 캐러멜 색으로 빛났다. 노을빛에 물든 바다를 보는 것 같았다. 돌고래와 수영하면서 애플파이를 입안 가득 넣고 먹는 모모의 모습이 뇌리에 떠올랐다.

문득 궁금해서 보니 선생님도 접시를 뒤집어엎거나 하지 않고 제대로 먹고 있어서 안심했다. 포크에 올린 애플파이를 떨어뜨리지 않도록 진지한 표정으로 입에 가져가는 모습이 어린아이 같았다.

간식을 앞에 두고 있으니 모두 아이로 돌아간다. 아마 나도 간식 시간에는 아이의 눈동자가 돼 있을 것이다.

간식 시간이 끝난 뒤, 나는 모모의 부모님에게 부탁해서 모모를 만나게 해달라고 했다. 모모를 만나서 꼭 전하고 싶은 말이 있었다.

모모 곁에는 모모의 언니가 같이 있고, 방에는 끊임없이 물소리가 흐르고 있었다.

"마지막까지 귀는 들린대요."

어른스러운 분위기의 언니가 말했다. 침대에 누워 있는 모모는 엄마보다 언니와 얼굴이 닮았다. 이목구비가 반듯하고 의지가 강해 보이는 눈썹이다.

그곳은 그야말로 모모의 방 그 자체였다. 모모의 베갯머리에는 돌고래 인형이 놓여 있고, 창이나 벽에도 돌고래 포스터나 그림이 붙어 있다. 반 친구들이 접어주었는지 천 마리 종이학도 매달려 있다.

그중에서도 특히 시선을 끄는 건 붓글씨였다.

"살다."

굵은 붓으로 당당하게 쓰여 있었다. 내가 물끄러미 보고 있어서였을까. 모모의 어머니가 설명해 주었다.

"이건 모모가 전에 학교에서 써 온 붓글씨예요. 모모가 혼수상태가 된 뒤에 모모의 방을 정리하다 우연히 발견했답니다. 뭔가 모모의 마음의 소리 같아서. 이제 모모는 말하지 못하지만, 그래도 온몸으로 살고 있구나, 생각해요. 아까 남편도 말했지만, 모모는 절대 지금도 포기하지 않고 있을 거예요. 모모는 늘 살아가는 자세를 잃지 않았어요.

모모는 우리 가족에게 정말로 많은 것을 가르쳐 주었답니다. 나이는 모모가 제일 어리지만, 모모를 제일 연상으로 느낄 때가 있어요."

돌아보니 어머니는 모모의 앞머리를 천천히 쓰다듬어 주고 있었다.

나도 모모 옆으로 가서 손을 쓰다듬었다. 따스하고 보드랍고 젤리 같은 모모의 손을 만지면서 나는 모모에게 들리도록 귓가에서 밝게 말했다.

"모모, 천국에 가면 같이 놀자. 나도 바로 갈 테니까. 또 만나자. 약속이야."

내 목소리가 들렸는지 엄마가 입가를 손으로 막고 오열이 흐르는 걸 참고 있다. 그리고 작은 소리로 고맙습니다, 하고 중얼거렸다.

모모를 만나기 전까지의 나는 아직 인생이 계속되고 있는데 죽음만 생각했다. 그것이 죽음을 받아들이는 거라고 생각했다. 그런데 모모가 가르쳐 주었다. 죽음을 받아들인다는 것은 살고 싶다, 더 더 오래 살고 싶다는 마음도 솔직하게 인정하는 거라고. 그 사실은 내게 아주 큰 깨달음을 주었다.

그러고 나서 이틀 뒤, 모모는 엄마 품에 안긴 채 조용히 숨을 거두고 천국으로 여행을 떠났다고 한다. 말은 하지 못했지만, 임종을 고통스러워하지 않고 잠자듯이 떠났다고 한다.

흘러가는대로 될 수밖에 없다. 모모의 인생도 내 인생도.

그 사실을 그저 온몸으로 받아들이고 생명이 다하는 순간까지 열심히 사는 게 인생을 완수하는 것이다. 모모는 그야말로 모모에게 주어진 짧지만 진한 인생을 완수했다.

그 사실을 안 뒤, 나는 한동안 멍하니 바다만 바라보았다. 눈물은 날 것 같다가 나지 않았다.

그날 밤, 추억의 간식 주문을 편지지에 쓸 수 있었다. 모모가 살아 있다는 것의 존엄함을 가르쳐 준 덕분이다. 모모가 머뭇거리는 내 등을 살며시 앞으로 밀어주었다.

"롯카가 무겁게 느껴진 것과 선생님의 성난 고함을 들은 것, 모모와의 이별이 시즈쿠 씨 마음에 무거운 돌이 돼 몸을 나쁜 쪽으로 이끌었을 겁니다."

마돈나는 내 몸을 쓰다듬으면서 말했다.

그 간식 시간 며칠 뒤, 통증으로 잠에서 깼다. 혈관이라는 혈관마다 무수한 바늘이 대거 흘러가는 것 같았다. 몸의 방향을 어떻게 틀어도, 새끼손가락 한 가닥만 움직여도 격통이 덮쳐 비명이 나올 것 같았다. 마돈나에게 통증을 호소했더니 바로 진통제 주사를 놓아주었다. 그리고 한숨 잔 뒤, 마돈나가 직접 터치 테라피를 해주었다.

마돈나의 터치 테라피는 마사지와도 정체(正體)와도 다르다. 오로지 내 몸을 어루만져 주는 것이었다. 섬에서 딴 감귤류에서 추출한 아로마 오일을 발랐는지, 마돈나가 손바닥을 움직일 때마다 상쾌하고 달콤한 향에 감싸였다. 마치 레몬 섬에 푹 안긴 기분이었다.

나는 마돈나의 지시를 따라 침대에서 옆으로 눕기도 하고 위를 향하기도 했다. 감귤 향과 마돈나 손에 어린 온기의 상승효과로 통증이 거미 떼 흩어지듯이 멀리 진지로 물러났다. 몇 시간 전에 나를 덮친 격통, 그건 대체 뭐였을까.

내가 고양이나 개라도 된 듯한 기분에 무심결에 고로로로 하는 소리를 내고 싶어졌다. 그렇게 테라피를 받고 있으니 마돈나에게는 무엇이든 말할 수 있을 것 같았다. 나는 몽롱함 속에서 마돈나에게 고백했다.

"저요, 줄곧 혼자 살았어요. 중학교 졸업할 때까지는 아빠와 둘이 살았지만, 고등학교 1학년 때 아빠가 결혼하게 됐는데 저는 학교 문제도 있고 해서 근처 작은 빌라로 이사해서 혼자 살았어요."

아빠가 친아빠가 아닌 것은 굳이 언급하지 않았다.

"시즈쿠 씨가 몇 살 때였어요?"

"열여섯 살, 이었나."

아빠가 결혼하고 싶은 사람이 있다고 고백했을 때를

생각하면 지금도 가슴이 조이듯 아프다. 나는 아빠한테 배신당한 기분이 들었다. 슬프고 분했다. 내가 식사 준비를 해놓고 아빠가 퇴근하고 오기를 기다렸다가 함께 밥을 먹는 생활이 당연했다. 그래서 그런 식으로 줄곧 아빠가 할아버지가 돼도 같은 지붕 아래에서 살아갈 거라고 멋대로 믿고 있었다.

"물론 상대방은 나와 함께 살자고 제안해 주었고, 아빠도 그 편이 좋지 않겠냐고 했지만."

"시즈쿠 씨는 그 제안을 받아들이지 않았군요."

차분한 목소리로 마돈나가 말했다.

"아마 저는 오기가 생겼는지도 모르겠어요. 아빠가 나보다 소중한 존재를 찾을 거라곤 상상도 못 했거든요. 아빠한테 넘버원은 나라고 믿고 있었죠. 하지만 지금 생각하면 아빠도 남자고 아무리 딸이 있어도 함께 인생을 걸어갈 반려자가 필요한 거였어요."

그 사실을 깨달을 때까지 내게는 긴 시간이 걸렸다.

"그리고 아빠가 행복해졌으면 좋겠다고 진심으로 생각했어요. 아빠는 나를 키우느라 많은 인내를 강요당했을 테고. 그러기 위해서는 내가 함께 살지 않는 편이 좋겠다고."

그것도 역시 내 본심이었다.

"시즈쿠 씨, 이번에는 반대편으로 돌아보세요."

마돈나의 말에 몸의 방향을 바꾸었다. 그렇게 간단한 동작조차 최근 며칠은 으이쌰 하고 기합을 주지 않으면 할 수 없었다.

"잘도 여기까지 오셨군요. 시즈쿠 씨, 장합니다."

마치 칭찬하듯이 마돈나가 부드럽게, 부드럽게 어깨와 손을 쓰다듬어 주어서 내 눈물샘은 갑자기 한 방 먹은 듯이 흐물댔다.

"장하지 않아요, 조금도. 단순하게 말하면 나는 아빠 결혼 상대를 질투한 거니까요. 너무 어렸어요."

아빠는 정식으로 그 여자와 혼인신고를 한 뒤, 몇 번이고 셋이서 만나자고 권했다. 하지만 나는 도저히 그럴 수 없었다. 매번 볼일이 있다고 거짓말하고 그 기회를 애써 피했다. 두 사람을 앞에 두면 내 얼굴이 밉게 일그러질 것 같았다. 그런 나를 인정하는 것이 무서웠다.

"아버님은 만나지 않아도 괜찮으십니까?"

마돈나는 내 귓불 주위를 어루만지면서 핵심적인 질

문을 했다.

"괜찮아요. 아빠한테는 병에 대해 한마디도 꺼내지 않았어요. 게다가 몇 년째 만나지 않았는걸요. 아빠가 지금 행복하게 살아준다면 그걸로 문제없어요."

나는 이미 마음을 정한 것을 마돈나에게 말했다.

"그러시군요, 시즈쿠 씨가 그렇게 말씀하신다면 그걸로 좋다고 생각합니다."

"시원해요."

화제를 좀 바꾸고 싶어서 나는 말했다.

"이걸 하고 있으면 저도 덩달아 힐링이 돼 힘이 난답니다."

그러자 롯카가 자기도 쓰다듬어 달라고 하듯이 내 품으로 들어왔다.

"저 어릴 때 강아지 키우는 게 소원이었어요. 근데 키우지 못했거든요. 여기 와서 겨우 꿈이 이루어졌어요. 감사합니다."

롯카의 가슴팍을 부드럽게 쓰다듬어 주면서 나는 말했다.

"롯카를 데리고 여기 온 전 주인도 시즈쿠 씨처럼 몸

짓이 부드럽고 다정한 여성이었답니다. 롯카를 얼마나
사랑했는지. 롯카는 시즈쿠 씨와 함께 있어서 지금 무척
행복할 겁니다."

"그랬으면 좋겠네요."

나는 말했다.

"하지만 제가 떠나면 롯카, 우울해하지 않을까요?"

실은 그게 마음에 걸렸다. 롯카와 좋은 관계를 구축하
면 구축할수록 친밀해지면 친밀해질수록 내가 떠났을
때, 롯카가 혼란스럽지 않을까, 불안했다.

"괜찮습니다. 시즈쿠 씨가 그렇게 됐을 때, 롯카가 제
일 좋아하는 특대 돼지 뼈를 줄 테니까요. 아마 정신없
이 뼈만 물어뜯고 있을 겁니다."

"다행이다. 안심했어요."

나는 말했다.

"또 뭐 마음에 걸리는 것 있습니까?"

마돈나가 물어주어서 나는 또 한 가지, 마음에 걸리는
걸 질문했다.

"누군가가 저를 데리러 와줄까요?"

그 말을 소리 내어 하고 나니 마치 어두워진 유치원

에 혼자 덩그러니 남아서 누가 데리러 오기를 기다리는 듯한 기분이 들었다.

"누군가 시즈쿠 씨를 바래러 와줄 겁니다. 안심하세요. 시즈쿠 씨는 아까 혼자 살아왔다고 하셨습니다만, 눈에 보이지 않는 많은 존재가 지금도 시즈쿠 씨를 이끌어 주고 있을 겁니다. 무색투명해서 평소에는 알아차리지 못하겠지만요."

"그건 선조의 영혼 같은 건가요?"

마돈나라면 무엇이든 알고 있을 것 같았다.

"영혼이란 말이 적절한지 모르겠습니다만, 우리가 다양한 힘으로 보호받는 건 확실합니다. 그러니 누군가 반드시 마중 나와줄 겁니다. 시즈쿠 씨는 절대 고독한 존재가 아닙니다."

마돈나가 그렇게 단언하니 그렇구나, 하고 순순히 믿을 수 있을 것 같았다.

피부도 뼈도 내장도 뇌도 전부 녹아버릴 것 같다.

하마터면 침까지 흘릴 뻔했을 때, 마돈나가 말했다.

"시즈쿠 씨, 오르가즘이라고 아십니까?"

갑작스러운 전개에 약간 당황하며 안다고 끄덕였다.

"저는요, 죽는다는 건 최대급 오르가즘이지 않을까 기대하고 있답니다."

"기분 좋을 거라는 뜻이에요?"

"네, 그렇습니다. 죽은 적이 없어서 모르겠지만, 그랬으면 좋겠다, 그럴 게 분명하다고 생각해요. 벌써 한참 느낀 적이 없어서."

마돈나의 말에,

"저도요."

맞장구쳤다. 그러나 정말로 그렇다면 기대할 만할지도 모른다.

"마돈나 씨는 죽으면 어떻게 될 거라고 생각하세요?"

긴 침묵 끝에 과감히 물어보았다. 목이 잠겨서 제대로 목소리가 나오지 않았지만, 마돈나는 알아들었다.

"그것만큼은 아무리 생각해도 모르겠습니다. 아직 죽은 적이 없어서. 그렇지만 아마 그 사람의 바탕이 되는 의식이랄까, 에너지 자체는 절대 없어지지 않지 않을까요. 차례차례 형태를 바꾸면서 미래로 영원히 이어지는 게 아닐까요. 내 속에 있는 나의 핵심 부분, 더 중심에 있는 나의…… 나는."

마돈나는 말했다.

그때 내 뇌리에 번쩍 떠오른 것은 어째선지 사과였다. 사과 중심에 씨가 있지만, 씨 속에는 또 사과 그 자체가 들어 있고, 그 사과의 중심에는 또 씨가 있고…… 그렇게 생각해 나가자면 영원히 끝나지 않는다. 시작도 없고 끝도 없다.

씨앗이란 내 중심에서 자석처럼 '우미노 시즈쿠'라는 몸을 만들고 있는 그 원천 에너지일까. 혼이라든가 의식이라든가 그런 말로 나타나는 막연한, 평소에는 눈에 보이지 않고 만질 수도 없지만 아주 소중한 핵심 부분.

그것은 죽으면 사라지는 것이 아니라 그 후에도 내내 남아 형태를 바꾸어 살아간다. 계속 이어간다. 마돈나가 지금 한 말은 그런 뜻일까.

"그렇지만 줄곧 이 몸인 채로 있고 싶은데."

반쯤 혼미해진 상태로 나는 말했다. 이 몸과 이별하는 건 아직 너무 이른 것 같다. 건강할 때는 조금도 애착이 느껴지지 않았다. 가슴이 더 컸더라면 좋았을 걸, 코가 좀 높았으면 예뻤을 걸, 등등 구박만 해놓고 막상 이별의 시기가 오니 갑자기 이 몸에 애착이 생겨서 헤어지는 게 아쉬웠다.

마돈나가 너무 부드럽게 쓰다듬어 주어서 기분이 좋아 그만 그런 망상이 싹틀 틈을 줘버렸다. 내가 생각해도 엉터리 소리라는 걸 알고 있다. 기적은 일어나지 않는다는 것, 이미 옛날에 알고 있다. 죽을 각오도 돼 있다. 그래서 지금 라이온의 집에 있다. 라이온의 집은 호스피스다. 호스피스는 죽음을 받아들인 자만을 받아들여 주는 곳. 그렇게까지 허무맹랑한 꿈을 꾸는 사람은 아니었다.

그래도.

"나 더 살아서 온 세상 좋은 풍경을 많이 보고 싶었어요."

지금까지 누구에게도 한 적 없는 말, 자신에게도 소리내어 한 적 없는 말, 줄곧 외면해 왔던 진짜 속내가 갑자기 입에서 쏟아져 나왔다. 그걸 인정하면 내가 괴로워지기만 할 뿐이어서 잘 봉인했다고 생각했는데.

살고 싶다. 이 몸인 채로 더 더 오래 살아서 이 세상에 머물고 싶다.

나는 마돈나 앞에서 응석을 부렸다. 마돈나라면 그런

나의 응석 섞인 감정도 허락해 주지 않을까 기대했을지도 모른다.

"그렇군요."

마돈나는 내 머리를 감귤 향으로 포근히 감싸 안으며 온화한 목소리로 말했다.

"나도 시즈쿠 씨와 줄곧 이렇게 있을 수 있다면 행복하겠습니다."

마돈나의 하얀 앞치마가 젖는 것도 아랑곳하지 않고 나는 울었다. 그렇게 말해주는 사람이 세상에 단 한 명이라도 있다는 것. 마돈나의 다정함에 내 눈물은 멎질 않았다. 그동안 마돈나는 줄곧 나를 쓰다듬어 주었다.

죽음을 맞이한다는 게 그리 간단한 일은 아니었다.

나는 내 죽음을 받아들였다고 생각했다. 그러나 그렇지 않았다. 그렇게 생각하는 게 편하니까 받아들이려고 했다. 확실히 해자는 메워졌지만, 중요한 것, 내 마음이 죽음을 받아들이지 않고 있었다. 나는 호스피스에 들어오고 싶어서, 그게 편하고 좋을 것 같아서 죽음을 받아들이는 척했을지도 모른다.

사실은 아직 죽고 싶지 않다. 나는 더 살고 싶다.

그렇게 생각하는 것이 욕심처럼 느껴졌다. 제대로 체념할 줄도 모르고 흉하다고. 그러나 그렇지 않다. 죽음을 받아들인다는 건 내가 죽고 싶지 않다는 감정까지도 솔직히 인정하는 것이었다. 적어도 내게는 그랬다.

마돈나가 방에서 나간 뒤, 나는 소리 내어 울었다.

"나는 아직 사자가 되고 싶지 않아. 백수의 왕이 되지 않아도 좋으니까 살고 싶어. 더 더 오래 살고 싶어. 아직 죽고 싶지 않단 말야!"

그렇게 소리 내어 말하며 울었다. 눈물은 시냇물처럼 조용히 흘렀다. 나는 신에게 떼쓰는 아기 그 자체였다.

하지만 이제 인형한테 화풀이하는 일은 없었다. 그들은 절대적으로 내 편이다. 내게 의지하고 내 눈물을 닦아주는 믿음직한 존재다.

그날의 태풍은 분노가 모든 것의 원동력이었다. 나 자신을 향한 분노이고, 담당 의사를 향한 분노이고, 세상 모든 것을 향한 공격이었다. 그러나 지금은 다르다. 나는 슬프다. 이 아름다운 세상에 이별을 고해야 하는 것이 안타깝다. 사랑하는 사람에게 기대고 싶듯이 나는 이곳에 머물고 싶다.

눈물이 마를 때까지 울었다. 울고 또 울고 마구 울다가 배가 고프면 밥을 먹고 또 방에 돌아와서 울었다. 끝도 없이 눈물을 흘리는 나를 롯카가 이상하다는 듯이 올려다보았다. 그렇다고 해서 필요 이상으로 달래주는 일도 없었다.

극단적이지만, 푸른 하늘이 펼쳐진 것만으로 감동해서 운다. 죽에서 모락모락 나는 김을 보고도 신에게 감사하는 마음이 솟구친다. 내 속에 마지막의 마지막까지 그림자를 감추고 있는, 독 같은, 검은 안개 같은 거슬리는 존재가 완전히 모습을 감춘 것에 나도 놀랐다.

아침에 눈을 뜨면 햇빛이 방에 들어온다. 그걸 보고 나는 롯카가 내 몸에 자기 몸을 비비며 친애의 인사를 나누듯이 빛을 붙잡아 뺨에 대고 마구 비비고 싶은 기분이 든다.

재미있게 살고 싶다, 아직 죽고 싶지 않다, 하는 바람을 순순히 인정하니 마음이 가벼워졌다. 그것은 나도 예상하지 못한 나 자신의 변화였다.

낮에도 모르핀에 의지한 탓인지 내 QOL은 다시 올라 갔다. 도시락 상자 같은 장치를 몸에 붙이고 있다가 아 프면 언제라도 내가 모르핀을 주입한다. 마돈나가 마법 의 도시락 상자라고 가르쳐 주었다.

몸이 편해지면 마음도 가벼워진다. 마음이 가벼워지 면 덩달아 몸도 편해진다. 몸과 마음은 정말로 등을 맞 댄 신기한 관계였다.

한동안 가지 못했던 롯카와의 산책도 갈 수 있게 됐 다. 체력 자체는 많이 떨어져서 포도밭 언덕길을 올라가 는 건 몸 상태가 좋을 때가 아니면 힘겨웠다.

그래도 롯카를 데리고 바깥 공기를 마시는 것만으로 세포가 생생하게 되살아나는 느낌이었다. 공기가 맛있 다. 공기라면 죽과 달라서 열 그릇도 스무 그릇도 마음 껏 리필 할 수 있다.

하루하루를 제대로 살아내는 것. 어차피 인생은 끝나 니 자포자기할 게 아니라 마지막까지 마음껏 인생을 음 미하는 것. 이미지를 그리자면, 옛날에 아빠와 살던 동 네 상점가 빵집의 소라빵 같은 것이다. 이 끝에서 저 끝까지 크림이 가득 든 소라빵처럼 마지막까지 제대로 알차게 사는 것이 지금 내 목표다.

먹고, 자고, 멍하니 있기만 할 뿐인 내가 한심하기도 하지만, 실제로 그 이상의 일은 할 수 없다. 몸은 움직이지 않지만, 그것과 반비례해서 마음은 점점 맑아진다. 그런 발견이 신선했다.

남들한테 말하면 웃을 것 같지만, 바나나의 아름다움을 깨달은 것도 몸이 이전처럼 자유롭지 않게 된 후였다. 그때까지 나는 바나나를 찬찬히 들여다볼 마음의 여유도 시간의 여유도 없었다. 그런데 얼마 전, 배고플 때 먹으려고 식당에서 바나나를 한 개 가져와 방 테이블에 올려두었다. 그리고 먹어야지 하고 손을 내미는데, 바나나가 내게 말을 걸어왔다.

예쁘지?

바나나는 말했다. 내게는 바나나의 목소리가 들렸다. 좀 코맹맹이 같은 그 목소리는 묘하게 요염했다.

그래서 보니 바나나는 정말로 아름다웠다. 그리고 깜짝 놀랐다. 바나나는 공장에서 만들어진 게 아니다. 편의점에서 팔리는 바나나도 전부 지구의 선물로 예전에는 지면과 연결된 곳에 있었다. 햇빛을 듬뿍 받고, 엄마가 갓 태어난 아기를 소중히 안고 젖을 먹이는 것처럼 이 바나나도 엄마 바나나에게 많은 영양을 받으며 소중하게 자랐다는 사실을 그제야 깨달았다.

그리고 나는 아연했다. 지금까지 슈퍼나 편의점에서 파는 바나나밖에 본 적이 없다. 지구와 연결된 바나나의 본모습을 한 번도 내 눈으로 본 적이 없다.

서둘러 스마트폰을 들고 자생하는 바나나는 어떤 모습인지 검색했다. 화면으로도 충실한 공기의 밀도가 전해지는 듯한 짙은 초록의 장소에서 바나나는 햇빛을 받고 웃고 있었다. 내게는 웃는 것으로 보였다. 동물뿐만이 아니라 식물도 웃는다는 걸 처음 알았다.

그런 귀한 생명을 나는 지금까지 당연한 듯이 먹었다. 컴퓨터로 일을 하면서 제대로 감사도 하지 않고, 맛도 보지 않고 입으로 날랐다. 도중에 먹는 걸 잊고 남긴 바나나를 쓰레기통에 버렸다. 아무런 죄책감도 없었다.

하지만 지금은 안다. 바나나의 생명도 내 생명도 똑같이 귀하다는 것을.

그것은 바나나가 가르쳐 준 것이었다. 마찬가지로 내

가 아직 모르는 세계가 지구상에는 많이, 아주 많이 있을 것이다.

나는 오늘이 며칠인지도 모른다. 문득 정신을 차리고 보면 생각했던 것보다 하루 더 지나 있어서 시간 도둑을 만난 기분이 들기도 한다.

족욕을 받다가도 거의 의식이 없어서 다 끝난 것도 모르고 감사 인사조차 제대로 하지 못한 적도 있다.

간신히 시간 감각을 되찾는 건 일주일에 한 번, 일요일 오후 세 시부터 간식실에서 열리는 간식 시간이었다. 간식 시간이 되면 일주일이 지난 걸 안다. 간식 시간이 내게는 살아갈 희망이고 기준이 돼 있었다.

이번 간식 시간에는 휠체어를 타고 참가했다. 애를 쓰면 걸을 수 있을 것 같았지만, 아무래도 휠체어를 타는 편이 몸에 부담이 적을 것 같았다.

어제까지만 해도 간단히 했던 일을 오늘은 어이없을 정도로 하지 못하게 된다. 그런 일의 연속이지만, 일일이 한탄해 봐야 소용없어서 이제 나는 이런 생물이라고 생각하기로 했다. 어쩔 수 없는 건 아무리 발버둥 쳐도 소용없으니. 간단히 뜀틀을 넘고 장애물을 넘던 어린 시절의 내가 슈퍼 히어로처럼 눈부시게 느껴졌다.

다만 배설을 못 하는 건 정말로 힘들었다. 먹는데 나오지 않으니 배에 가스가 차서 늘 괴롭다. 큰 쪽은 나오지 않는데 작은 쪽은 자주 나와서 밤중에 화장실 가느라 일어나는 것도 힘들었다.

그래도 아직 기저귀 신세는 지고 싶지 않았다. 스스로 배설하는 게 얼마나 행복한 것인지 병이 나기 전까지는 생각지도 못했다.

간식실에 아와토리스 씨는 없었다. 그렇게 다가오는 걸 귀찮아했으면서 왜 그를 찾고 있는지 나도 알 수 없다. 하지만 아와토리스 씨라면 이 변비의 불쾌감도 공유할 수 있을 것 같았다. 경험자만 아는 분야가 확실히 존재한다.

혹시 다른 데 있는가 하고 주위를 둘러보니 마돈나가 앞에 서서 인사를 하고 있다. 오늘은 내 주문이 뽑혔을지도 모른다. 그렇게 생각하니 좀 긴장됐다. 휠체어에서 허리를 펴고 자세를 바로 했다.

언제나처럼 마돈나가 천천히 읽기 시작했다. 유감스

럽지만 내 간식은 아니었다.

"엄마와 저는 그다지 좋은 관계가 아니었습니다. 저한
테는 세 살 어린 여동생이 있습니다만, 엄마는 동생한테
만 다정하게 대했습니다. 엄마는 나를 마땅찮게 생각했던
것 같습니다. 제가 귀엽지 않아서겠지요. 동생은 예쁜 옷
을 입고 엄마와 자주 외출하는데 저는 엄마와 둘이 외출
한 적도 없습니다. 엄마는 나를 데리고 다니는 게 부끄러
웠을지도 모릅니다.

설탕이 귀한 시대여서 달콤한 간식을 먹은 기억도 거의
없습니다.

근데 딱 한 번, 모란떡(멥쌀과 찹쌀을 섞어 찐 다음 팥앙금
을 묻힌 떡. 오하기라고도 한다)을 먹고 싶다고 했더니 엄마
가 바로 만들어 주었습니다. 기분이 아주 좋았나 봅니다.
여동생은 친구네에 놀러 갔는지 집에 없었습니다.

나도 모란떡 만들기를 도왔습니다. 재료는 팥소와 찹쌀
가루였던 것 같습니다.

엄마는 일도 하고 있었고, 그렇게 요리를 잘하는 사람
은 아니었습니다. 팥도 조금 딱딱하고 가끔 돌 같은 게 섞

이기도 했습니다.

그래도 그 모란떡은 맛있었습니다. 엄마가 배탈 나니까 그만 먹으라고 도중에 말릴 정도로 정신없이 먹었습니다. 여동생에게 절대로 모란떡을 주고 싶지 않았습니다. 엄마와 둘이서 만든 사실조차 여동생에게는 비밀로 하고 싶었죠."

마돈나는 천천히 얼굴을 들더니,

"마이, 미안해."

하고 덧붙였다. 어쩐지 그걸로 낭독이 끝난 것 같았다.

엥? 마이라니 설마, 가노 자매 중 동생인 마이 씨?

하지만 간식 시간에 먹는 간식을 주문할 수 있는 건 라이온의 집 게스트뿐이잖아……. 그렇게 생각하다 최근 한동안 과일죽이 나온 사실을 떠올렸다. 나는 시마 씨가 해외여행을 갔나, 정도로만 생각했는데. 마지막으로 얼굴을 본 것은 음, 어, 그렇지, 다히치와 드라이브 가서 내가 조금 늦게 돌아온 날이다. 시마 씨는 주꾸미 어묵을 다시 데워서 내주었다. 그리고 이에 김까지 붙이고 나를 억지로 웃게 해주었다.

그때, 그렇게 상태가 나빠 보이지는 않았다. 내가 그런 눈으로 봐서일지도 모르지만.

혹시 간식실 어딘가에 시마 씨가 있을까, 생각하고 주위를 둘러보았다. 그러나 시마 씨는 어디에도 없었다. 대신에 눈이 빨개진 마이 씨가 등장했다. 그리고 모두의 앞에서 깊숙이 머리를 숙였다. 얼굴을 들더니, 마이 씨는 결연한 목소리로 말했다.

"시마 언니는 지금 자택에 있습니다. 아까 언니도 썼지만, 엄마가 요리를 잘하지 못하는 사람이어서 우리 자매는 직접 요리를 했죠. 언니는 반찬을 잘 만들고 저는 단 음식을 잘 만들었습니다. 원래는 그렇게 사이좋은 자매가 아니었어요. 각자 결혼해서 나는 섬을 떠난 시기도 있었고, 애들 키우느라 바빠서 몇 년씩 만나지 못한 적도 있었어요.

근데 둘 다 애들 다 키우고 남편과도 사별하고 이제 한가하네, 하고 있을 때 마돈나 씨에게 제안을 받았습니다. 그래서 같이 주방에 서게 됐죠. 이게 또 어찌나 즐거운지. 둘이서 젊은 애들처럼 늘 깔깔 웃으면서 일을 했어요.

언니는 젊을 때 유방암 수술을 받아서 재발 우려가 있었습니다. 1년쯤 전인가. 또 그게 나타났어요. 하지만 나이도 나이고 수술 같은 것 하고 싶지 않다, 그보다 여기서 요리하는 편이 건강에 좋을 것 같다며 그대로 일을 계속했답니다.

근데 해가 바뀌고 좀 지나서부터 갑자기 상태가 나빠져서 주방에 들어가는 것도 힘들어하더라고요. 그래서 집에서 임종을 맞기로 했답니다.

엄마와 언니가 모란떡을 같이 만든 이야기는 지금까지도 몰랐어요. 마돈나 씨는 오늘은 모란떡을 부탁합니다, 라는 말밖에 하지 않았어요. 언니는 언니 나름대로 고민했다는 걸 이제야 알게 됐네요.

저도요, 엄마를 닮아 성격이 급해서 아직 팥을 제대로 삶지 못해요. 언니가 삶으면 부드럽게 되는데 내가 하면 아무래도 딱딱한 게 섞여요. 근데 어쩌면 그편이 언니한테는 기쁠지도 모르겠네요. 지금 차를 준비할 테니 모란떡, 맛있게 드셔주세요."

마이 씨는 밝게 말하며 모란떡이 든 상자를 다른 스태프에게 건네고 자기는 차를 준비하러 주방으로 들어갔다.

눈앞에 색이 다른 모란떡이 두 개 나란히 있다. 사이 좋게 기댄 모습이 마치 가노 자매 같았다. 그런 가노 자매에게도 어린 시절에 단절이 있었다니. 시마 씨는 어린 시절 품었던 복잡한 감정을 줄곧 봉인하고 있었다. 마이 씨도 설마 언니가 그런 생각을 하고 있었을 줄은 몰랐을 것이다.

그런데 오늘 간식 시간으로 인해 두 사람 사이의 모든 것이 풀렸다.

시마 씨는 동생을 향한 질투심, 마이 씨는 언니에 대한 무지함을 모란떡을 통해 화해했다.

나는 새끼고양이처럼 찰싹 달라붙어 있는 두 가지 색의 모란떡을 계속 보았다. 지금 당장 입에 넣고 싶다. 하지만 몸이 받아주질 않는다.

문득 다케오 씨를 떠올렸다.

내게는 처음이었던 간식 시간. 그때 나온 것이 다케오 씨가 주문한 걸로 보이는 대만 간식, 더우화였다. 더우화에는 따뜻한 땅콩 수프를 끼얹어 주었다.

다케오 씨는 그걸 먹지 않고 물끄러미 보고 있었다.

나는 다케오 씨가 과거를 생각하면서 감개에 잠겨 있는 거라고 생각했다. 그러나 어쩌면 다케오 씨도 지금의 나와 마찬가지로 먹고 싶지만 먹을 수 없었을지도 모른다.

다케오 씨는 지금 어디에 있을까. 무사히 천국에 도착해서 어머니, 아버지와 합류했을까.

나는 콩가루를 묻힌 모란떡을 살짝 들어 올려 입맞춤하듯이 아주 조금 입에 넣었다. 콩가루의 고소함과 팥의 달콤함이 몸에 번져갔다. 그걸로 충분했다.

옆방에서 노랫소리가 들려왔다.

이 목소리는 누구더라? 아, 그래, 그래, 카모메 씨야. 음악치료사 카모메 씨가 기타를 치면서 노래하고 있다. 목소리 크네.

눈을 뜨니 하늘은 드물게 잿빛이었다. 하지만 마음이 어수선해지는 잿빛이 아니다. 뭐랄까, 내일은 세상이 활짝 갤 것을 아는 잿빛이었다.

롯카는 없는 것 같다. 천장에 천사 같은 모양을 한 빛이 흔들렸다.

지금 몇 시일까? 하고 스마트폰 전원을 켰다가 깜짝

놀랐다. 금요일이라니. 간식 시간에 다녀온 지 어느새 닷새나 지났다.

천천히 몸을 일으키고 파자마 위로 가운을 걸쳤다. 뭔가 사타구니 주변이 뻣뻣하다고 생각했더니, 기저귀가 채워져 있다. 드디어 이때가 온 건가. 그래도 하찮은 자존심 때문에 깨끗한 시트와 침대를 더럽히는 일은 피하고 싶은 것. 힘겹게나마 내 다리로 설 수 있다는 데 감사하자. 나도 느낄 만큼 몸이 가벼워졌다.

옆방이 이렇게 멀다고 느낀 건 처음이다. 벽에 설치된 난간을 짚으면서 아와토리스 씨 방 앞까지 간신히 혼자 힘으로 이동했다. 온몸의 힘을 실어 문을 열었을 때, 나는 또 깜짝 놀랐다. 그곳에 있는 건 아이돌 그룹, 아니, 정확하게는 아이돌로 분한 아주머니 그룹이었다. 그중 한 명은 마돈나다.

혹시 이것도 초현실 꿈의 연속인가. 잔상조차 기억나지 않지만, 줄곧 별별 꿈을 다 꾸었다. 신음을 한 기억도 나고, 무언가에 쫓겼던 것 같기도 하다. 나는 더워서 계속 아이스크림을 먹고 싶었다.

침대에는 아와토리스 씨가 누워 있다. 얼굴이 흙빛이

다. 기억 속의 아와토리스 씨보다 훨씬 늙어서 완전히 할아버지가 돼 있다. 그래도 아와토리스 씨는 이따금 입가를 움직여 카모메 씨와 함께 노래를 부르려고 한다. 그를 둘러싼 아주머니 아이돌은 노래에 맞춰 춤추고 있다.

내가 온 걸 발견한 마돈나가 나를 아주머니 아이돌 사이로 손짓했다.

"자, 시즈쿠 씨도 같이 춤춰요. 승천무랍니다. 아와토리스 씨의 희망 사항이에요. 마침 잘 오셨습니다."

아주머니 아이돌들은 얼마나 이 상황을 지속하고 있었는지 이마에는 땀이 송글거렸다.

그러나 갑자기 춤을 추라고 해도 뭐가 뭔지 도통 알 수 없다. 게다가 나만 파자마 차림이어서 전혀 흥도 나지 않았다. 나는 좀 전까지 열에 들떠 신음하고 있던 사람이다. 갑자기 춤을 추라니 너무 무모하다.

그래도 나는 아와토리스 씨의 표정에서 한 가닥 빛을 느꼈다. 아와토리스 씨, 무척 행복해 보였다. 황홀이라는 말은 지금의 아와토리스 씨를 위해 있다. 마치 관음보살 같은 옅은 미소까지 띠고 있다.

곡이 끝났을 때, 카모메 씨가 소리쳤다.

"클리토리스 씨!"

그 소리에 맞춰서 아주머니 아이돌도 저마다 큰 소리로 불렀다.

여성들의 새된 소리를 들으면서 아와토리스 씨는 떠났다. 승천이라는 말이 그야말로 딱 맞는 타계였다.

"소원을 이루셨네요."

마돈나가 합장한 손을 풀며 중얼거렸다. 여전히 아와토리스 씨는 황홀한 표정을 짓고 있다. 아와토리스 씨는 웃고 있는 것 같았다. 그 잠든 얼굴을 카모메 씨가 조용히 바라보고 있다.

"훌륭한 여행이네요."

내 몸을 부축해 천천히 방에 데려다 주면서 마돈나가 숙연하게 말했다.

"아와토리스 씨, 굉장히 행복해 보였어요."

"그러니까요, 내가 말한 대로 죽는 건 오르가즘입니다."

마돈나는 자기가 아이돌로 분장했던 걸 잊은 듯했다. 얼굴을 보면 웃음이 날 것 같아서 되도록 마돈나에게서 시선을 돌리고 이야기했다.

"저분은 여기 오시기 전에 아주 성실한 공무원이었다

고 합니다."

"네? 아와토리스 씨가요?"

엉겁결에 마돈나의 얼굴을 빤히 보았다. 순간 웃음이 터질 뻔했지만, 마돈나는 지극히 태연하게 대답했다.

"네, 농담 한 마디 하지 못해서 능청스럽게 아재개그를 하는 동료나 부하가 그렇게 부러웠다는군요."

"전혀 상상이 안 되네요."

나는 말했다.

"그런 자신이 너무 싫어서 견딜 수 없었다고 합니다. 그래서 인생 마지막에 캐릭터를 바꾸고 싶었다는군요. 본명은 토리스 씨. 처음에는 이름표에도 토리스 도모히코라고 본명을 쓰셨죠. 근데 어느 날, 진지하게 상담을 청하시더군요. '아와(粟)' 자를 붙여도 되겠냐고. 물론입니다, 그랬더니 그 이름으로 명함도 만들고 싶다고 희망하셔서 제가 사무실에 있는 프린터로 인쇄해서 드렸습니다. 그 명함을 건넨 1호가 시즈쿠 씨였답니다."

"그랬군요. 아와토리스 씨 이름에 그런 깊은 의미가 있을 줄이야."

처음부터 그렇다고 말해주면 좋았을 텐데. 하지만 그

런 말을 못 하는 게 아와토리스 씨였을 것이다.

"캐릭터 바꾸기, 대성공이었네요."

"정말로 그랬습니다."

아와토리스 씨는 당연히 야한 걸 밝히는 변태남이라고 생각했다.

"시즈쿠 씨가 멀리하는 것, 그분, 기뻐했답니다."

"그런……."

그다지 싫어한 건 아니다. 되도록 피한 것은 사실이지만.

"감정이 고스란히 얼굴에 나타나는 걸 보면 참 순수하다고 칭찬했어요. 자기도 그렇게 되고 싶다고. 업무상 많은 젊은이를 보아온 분이어서 그런 건 직감으로 바로 아셨을 겁니다."

나는 아와토리스 씨에게 칭찬받을 일을 아무것도 하지 않았다. 그런데도 순수하다고 칭찬했다니 솔직히 기뻤다. 그것이야말로 라이온의 집에 온 후 나의 과제였으니까.

"나중에 앞으로의 일을 의논하도록 해요."

그렇게 말하고 마돈나는 복도를 걸어갔다.

신기할 정도로 슬프지 않았다. 그건 분명 아와토리스 씨가 멋진 죽음을 맞이했기 때문이다. 나도 아와토리스 씨처럼 기분 좋게, 호탕하게 죽고 싶다고 새삼 생각했다. 아와토리스 씨가 죽는 법의 모범을 보여주었다.

그 아와토리스 씨가 내 방 창가에 놓인 의자에 다리를 꼬고 앉아 있었다.

"아와토리스 씨, 왜 여기 계세요? 아와토리스 씨, 돌아가셨잖아요."

유령인지도 모른다고 생각했지만, 조금도 무섭지 않았다.

"시즈쿠 짱이 걱정돼서 상태를 보러 왔어요. 게다가 임종 때 같이 춤추며 배웅해 주어서 감사 인사도 하고 싶었고."

아와토리스 씨는 살아 있을 때보다 훨씬 경쾌한 목소리로 말했다. 이것이 아와토리스 씨의 진짜 모습이라고 나는 바로 이해했다.

"친한 척 짱이라고 붙이지 말아주세요."

줄곧 하고 싶었던 말을 했다.

"여전히 엄하시네. 기껏 마중을 와주었더니."

"괜찮아요. 제 마중 오지 않아도요. 그리고 나는 아직 그쪽에 가지 않을 거예요. 내일 아침 죽이 기다리고 있거든요."

"뭐야, 그 태도. 귀엽지 않게."

"귀엽지 않아도 괜찮습니다. 그보다 어땠어요? 돌아가실 때."

"안 가르쳐 주지."

"쩨쩨하게 그러지 말고 가르쳐 주세요. 경험자밖에 모르니까."

"음, 그렇군."

아와토리스 씨는 생각하는 사람 자세를 취하며 생각에 잠겼다.

"엉덩이 쪽부터 붕 하고 허공에 떠서 그대로 천천히 어딘가 우주선으로 들어 올려지는 느낌."

아와토리스 씨가 말했다.

"그렇다면 역시 기분 좋으셨어요? 아프거나 고통스럽거나 무섭거나 하지 않고?"

나는 몸을 앞으로 숙이며 궁금했던 것을 물어보았다.

"그건 비밀. 직접 경험해 보면 되지. 어차피 곧이니까."

"뭐, 그것도 그렇군요."

나는 말했다.

"다음에 데이트해요."

아와토리스 씨가 윙크를 했다.

"어디서요?"

"당연히 천국이지."

"에이, 그런 건 거절하겠습니다."

농담 반으로 말했다.

내게 천국이란 아주 멋지고 감미로운 곳이다. 항상 아름다운 꽃으로 둘러싸여 있고, 나비와 새들이 우아하게 날아다니는 낙원이다. 아와토리스 씨와 만날 장소가 아니다. 하물며 데이트라니 말도 안 된다. 실례지만, 아와토리스 씨는 전혀 내 취향이 아니다. 어쩌면 내가 아와토리스 씨의 임시 모습만 보고 판단한 탓일지도 모르지만.

"까다롭네."

아와토리스 씨는 입술을 삐죽거리며 중얼거렸다. 나는 그 소리를 흘려들었다.

그러자 갑자기 아와토리스 씨의 얼굴이 내 쪽으로 다가왔다. 위험하다, 이대로라면 입술을 빼앗긴다. 나는 얼른 몸을 돌려서 방어했다. 내 인생 마지막 키스는 다히치로 정해져 있다. 하지만 다음 순간에 아와토리스 씨는 거기에 없었다.

"아와토리스 씨?"

너무나도 갑자기 사라져서 불안한 마음에 아와토리스 씨를 불러보았다. 그래도 대답이 없어서 이번에는 카모메 씨 흉내를 내어,

"클리토리스 씨!"

하고 큰 소리로 불렀다. 그러면 또 나타날지도 모른다.

그 목소리에 순간 잠이 깼다. 그러나 눈을 뜨려고 해도 눈곱이 방해해서 눈두덩이가 붙은 채 떨어지지 않는다. 눈곱을 떼고 싶어도 이번에는 팔이 올라가지 않는다. 할 수 없이 나는 다시 눈을 감았다.

다음에 찾아온 사람은 나보다 젊은 느낌의 여자였다.

아와토리스 씨와 같은 곳에 무릎을 안고 동그마니 앉아 있다.

"이제야 보네."

그 사람이 말한다.

"누구세요?"

조심스럽게 물어보았다.

"엄마야."

그 사람은 말했다.

"엄마? 누구의?"

"당연히 네 엄마지."

그 사람은 조금 뿌루퉁해져서 말했다.

"아아."

그러고 보니 불단에 있던 영정 사진과 어딘지 모르게 얼굴이 닮았다. 하지만 이렇게 얼굴을 마주하고 이야기하는 건 처음이다.

"영정 사진과 인상이 달라서 몰랐어요."

솔직히 말하자,

"못된 아이네. 기껏 엄마가 만나러 왔는데 누군지 알아보지도 못하고."

여자가 입을 삐죽거렸다. 그 사람을 뭐라고 불러야 좋을지 몰라서 의식적으로 주어를 빼고 물었다.

"지금 몇 살이세요?"

"스물다섯 살."

그가 말했다. 그렇다면 세상을 떠나던 당시 그대로 나이를 먹지 않았다는 것이다.

내 친부모는 호우 속에 차를 몰고 친척 제사에 가던 도중 불어난 강물에 휩쓸렸다. 원래는 그날 나도 함께 갔을 텐데 전날 밤부터 열이 나서 베이비시터 집에 맡겼다고 한다. 만약 내가 열이 나지 않았더라면 나도 부모님과 함께 떠내려갔을지도 모른다. 남겨진 나를 부모님 대신해서 키워준 사람이 엄마의 쌍둥이 동생이었다.

"내 쪽이 위네요. 이상한 느낌."

내가 말하자,

"그건 내가 할 말. 엄마 얼굴도 모르다니, 충격이야."

그도 지지 않고 받아쳤다.

"어쩔 수 없잖아요. 내가 뭘 알게 됐을 무렵에는 집에 아빠밖에 없었는걸요."

아빠라는 표현을 특히 강조해서 말했다. 눈앞에 있는 사람이 나와 아빠의 끈을 알아주길 바랐다.

"그러네, 미안해. 일찍 죽어서."

그가 숙연하게 말했다.

"괜찮아요. 난 아빠랑 행복했으니까요."

"알고 있어. 내 동생이 정말로 잘 돌봐주었지."

어릴 때뿐만 아니라 어른이 된 뒤에도 쌍둥이 누나와 동생은 굉장히 사이가 좋았던 것 같다. 그래서 아빠는 고아가 된 나를 거두어 주었을 것이다. 쌍둥이 누나가 남긴 아이를.

"그래도 힘들 때가 있었을 텐데, 네게는 정말로 미안한 짓을 했어."

"뭐, 가끔 외로울 때도 있었죠. 아빠가 결혼해서 얼마 되지 않았을 때는. 갑자기 혼자 살게 됐으니까요. 그래도 지금 생각해 보면 내 인생, 쌤쌤인 것 같아요. 좋은 일도 나쁜 일도 플러스마이너스 제로였어요."

"병에 걸렸는데?"

"네, 병에 걸렸기 때문에 만난 사람도 있고. 게다가 개도 키우게 됐고."

그때 문득 롯카가 뇌리를 스쳤다.

"롯카!"

큰 소리로 불렀다. 그 소리에 또 잠을 깼다. 창가 의자에 이제 그 사람의 모습은 없었다.

목이 말랐다. 고열도 나고 있다. 온몸이 뜨거워서 견 딜 수 없다. 지금 당장 아이스크림을 먹고 싶었다.

그러나 이제는 먹고 싶다는 의사를 전하지 못한다.

아이스크림, 아이스크림, 아이스크림.

염불처럼 읊조려 본다.

그러자 이번에는 어째선지 할아버지가 나타났다.

"시짱."

귓가에서 이름을 불러 돌아보니 할아버지가 나와 같 은 침대에서 쉬고 있다.

"어쩐 일이세요?"

"시짱 만나러 왔지."

할아버지는 옛날에 돌아가셨을 텐데 이상하네, 생각 하면서도 할아버지의 모습이 반가웠다. 그러고 보니 할 아버지 장례식 때, 아빠가 심하게 울었더랬지.

"오랜만이에요. 할아버지 뵙는 것. 건강하세요?"

"건강하지! 봐라, 인제 목도 아프지 않고 손도 저리지 않단다."

그 말을 듣고 보니 자주 할아버지 어깨를 토닥토닥 안마했던 기억이 났다.

"또 어깨 안마해 드릴까요?"

"고맙다. 인제 아프지 않으니까 괜찮다."

"그렇군요."

나는 일으키던 몸을 원래대로 했다.

"저 할아버지한테 한 번 혼난 적 있었죠."

"그런 적이 있었나. 시짱을 혼내다니."

"있어요. 할아버지한테 그렇게 혼난 적이 없어서 그때 엄청 충격받았어요. 하지만 조금 기뻤던 기억이 나요."

"시짱은 언제나 말 잘 듣는 아이여서 혼낸 적 없었던 것 같은데."

할아버지는 정말로 기억나지 않는 것 같았다.

그랬다. 나는 어디서나 착한 아이란 말을 들어왔다. 이웃 사람에게도 학교에서도 친구 엄마에게도 시즈쿠는 착한 아이네, 라는 말을 들었다. 그래서 착한 아이가 아닌 자신이 있다는 걸 알고 할아버지한테 혼났을 때, 나는 조금 기뻤다.

할아버지와 이야기하고 있으니 왠지 피곤해져서 나는 눈을 감고 쉬었다. 정신을 차렸을 때는 할아버지가 사라지고 없었다.

그리고 엄마라고 하는 그 사람이 또 왔다.

"저기, 기왕 왔으니 어디 놀러 가자. 이런 기회 좀처럼 없으니까."

"좀 조용히 해주세요. 나 지금 쉬고 있어요."

"아깝잖아."

"뭐가요?"

"그러니까 이렇게 만나는 건 지금밖에 없는 게. 이걸 놓치면 두 번 다시 만날 수 없게 될지도 몰라."

그 사람이 내 팔을 잡아당겨 억지로 일으키려고 했다.

"좀요, 거칠게 그러지 마세요."

"뭐야, 그 말투. 엄마한테."

"엄마여도 나보다 어리잖아요. 게다가 난 당신, 기억 도 나지 않아요."

자는데 깨워서 나는 기분이 나빴다.

"어쩔 수 없잖아, 피할 수 없었으니까. 그리고 난 너를 기억해. 젖 먹는 얼굴, 처음 웃어주었을 때. 너를 너무 사랑해서 헤어지는 게 고통스러워서 줄곧 내 죽음을 받아들이지 못했어. 하지만 동생이 열심히 키워주어서 그 모습을 언제나 멀리서 지켜봤지. 나도 너랑 동물원에 가고 싶고 캠핑도 가고 싶었다고. 나도 끼고 싶었어. 근데 못 했어. 내가 얼마나 너와 손잡고 걷고 싶었는지 아니? 겨우 기회가 왔는데 그 태도 너무해."

그 사람이 절절하게 불만을 털어놓았다.

"그렇게 삐칠 것 없잖아요. 아빠가 늘 말했어요. 뭔가 좋은 일이 있을 때마다 천국에 계신 엄마, 아빠한테 감사하자고."

지금 생각하면 아빠는 내 친아빠의 존재에 신경을 많이 써주었다.

"알아. 나를 누군가가 떠올려 줄 때마다 지구가 부옇게 밝아지니까."

"그래요? 지구가?"

나는 놀라서 물었다.

"그래, 잘 표현할 수 없지만. 어쨌든 알아. 아, 지금 누군가가 나를 떠올려 주었구나, 하는 걸."

"그렇구나, 몰랐어요."

"그보다 시짱, 놀러 가자니까. 엄마가 새 옷 사줄게. 딸하고 쇼핑하는 게 꿈이었단 말이야."

그 사람은 그렇게 말하고 또 나를 일으키려고 했다.

"이제 새 옷 따위 필요 없어요."

"그럼 아이스크림 먹으러 가자. 너 아이스크림 먹고 싶잖아."

여전히 끈질기게 물고 늘어진다.

"어떻게 알아요?"

"그야 시짱 일이라면 뭐든 다 알지. 무슨 아이스크림 먹을래?"

"바닐라."

나는 바로 대답했다.

"컨서버(conservative의 준말)네. 그럼 토핑은?"

"필요 없어요. 나는 심플한 바닐라가 좋아요. 근데 무슨 뜻이에요? 컨서버란 말은?"

"뭐야, 컨서버도 몰라? 컨서버란 건 말야, 보수적이고 재미가 없다는 말. 그보다 엄마는 아이스크림 뭐로 먹을까나."

그 사람은 잠시 생각하더니,

"코코넛밀크와 요구르트. 거기에 아몬드 슬라이스도 뿌려달라고 해야지."

통통 튀는 목소리로 말했다.

"너무 욕심내는 거 아니에요? 그리고 그렇게 먹으면 배탈 나요."

"괜찮아. 난 아이스크림 좋아하는걸."

"그럼 내가 아이스크림 좋아하는 것도 유전이란 말?"

"그럴지도 모르겠네."

그 사람이 나이에 어울리는 어린 목소리로 말했다.

"시짱, 한 가지 부탁할 게 있어."

잠시 후, 그가 말했다.

"저기, 엄마라고 불러봐 줄래? 나 한 번도 그렇게 불려본 적이 없잖아."

그럴지도 모른다. 엄마가 세상을 떠났을 때, 나는 아직 아장아장 걷는 아기여서 제대로 말을 할 줄 몰랐다.

"엄마."

내가 부르자,

"꺄악, 기뻐라! 고마워."

그 사람이 정말로 기쁜 얼굴로 웃으며 나를 보았다.

"내 이름은 엄마가 지어주었죠?"

내게 엄마와의 연결고리를 느끼게 하는 것은 이름이었다.

"그럼. 엄마는 바다를 무진장 좋아해서 우미노(海野)라는 아빠 성이 너무 마음에 들었어. 그래서 우미노에 맞는 이름은 뭐가 좋을까, 하고 여러 가지 생각하다 시즈쿠(물방울이라는 뜻)를 떠올린 거야."

"그렇군요, 몰랐어요. 아무도 반대하지 않았어요?"

내가 묻자,

"혹시 시짱은 이름이 마음에 들지 않니?"

불안한 얼굴로 되물었다.

"마음에 들어요. 아이돌이나 배우 이름 같다는 말 종종 듣지만."

그리고 나는 진심으로 그 사람에게 말했다.

"고마워요."

이름도 그렇고 낳아준 것도 그렇고 둘 다. 확실히 죽은 엄마를 만날 수 있는 기회는 좀처럼 없다. 그건 아마 내가 지금 죽음의 문턱을 헤매고 있기 때문일 것이다.

"저기요, 좀 가르쳐 주세요."

나는 침대에 누운 채 물었다.

"천국은 어떤 느낌이에요?"

그것이 지금 내게는 가장 큰 관심사다.

"아주 멋진 곳이야. 말로 잘 표현하긴 어렵지만 눈이 나빠서 잘 보이지 않던 상태에서 갑자기 자기한테 딱 맞는 안경을 낀 느낌이라고 할까. 모든 게 아주 선명하게 보이게 됐어. 차원이 다르다고 할까? 그때까지의 세계가 원시 시대로 느껴질 정도야."

그 사람은 황홀한 표정을 지으며 말했다.

"그렇군요. 이 지구보다 더 아름다운 곳이 있군요."

내가 말하자

"그래도 말이지."

그가 조금 강한 어조로 말했다.

"무엇이 중요한가 묻는다면 지금을 살아가는 거야. 자기 몸으로 느끼는 것. 눈으로 보고 감동하고 만져보고 냄새를 느끼고. 그런 게 지금 엄마는 너무나 그리워. 몸이 없으면 할 수 있는 것이 별로 없으니까. 그런 게 의미가 있었다는 걸 엄마는 죽은 뒤 처음으로 알았단다."

"그럼 빨리 죽은 걸 후회해요?"

내가 묻자,

"으음."

그 사람은 깊이 생각에 잠겼다. 그리고 천천히 마음속

을 살피듯이 말했다.

"후회하고 후회하지 않고 그런 문제가 아닐 거야, 아마. 그건 엄마가 피하면 도저히 지나갈 수 없는 길이었다고 할까. 그 사실에서 엄마는 배워야 했던 거지. 그게 그때 내게 주어진 인생 과제였던 거야."

"그랬군요."

인생 과제니 뭐니 해도 나는 아직 잘 모르겠다.

"처음에는 있잖아, 몸이 없어지고 여러 가지 사실을 알게 돼서 기쁘고 즐겁고 만세, 하는 느낌이었단다. 근데 점점 몸이 있던 시절이 그리워지고 그 세상으로 돌아가고 싶어져. 고통스러운 사건과 괴로운 마음이 그리워지고. 이런 걸 남의 떡이 커 보인다고 하는 거겠지."

그렇게 말하고 엄마는 쿡 웃었다. 웃는 모습이 너무 천진해서, 아, 역시 엄마는 나보다 어리구나, 하는 걸 실감했다. 나는 이제 그렇게 천진하게 웃지 못한다.

"그렇다면 곧 다시 태어날 거라는 말?"

이야기를 되돌려서 내가 묻자,

"그래, 지구상에 인제 지켜봐 줄 상대가 없어지잖아."

시시하다는 듯이 그 사람이 말했다.

"그렇구나, 줄곧 나를 지켜봐 주었군요."

놀라서 내가 말하자,

"당연하잖아!"

그의 어조가 강해졌다.

"내가 낳은 자식인걸. 죽어도 책임이 있는 거야. 네가 하루 한 번은 웃을 수 있도록 최대한 노력했다고. 그 역할도 곧 끝나지만."

그 사람이 우울하게 중얼거렸다.

"엄마."

나는 말했다.

"뭔데?"

그 사람이 얼굴을 내 쪽으로 향했다. 나는 말을 계속했다.

"나 말이에요, 아직 좀 더 여기 있고 싶어요. 그때가 오면 나를 꼭 데리러 와줄래요?"

"물론이지!"

그 사람이 흔쾌히 대답했다.

"그러기 위해 엄마가 먼저 천국에 갔으니까."

"그럼 약속해요."

"응. 꼭 약속할게."

엄마는 자세를 바로 하고 나를 물끄러미 보더니 말
했다.

"시짱이 착한 사람으로 자라주어서 엄마는 진심으로
기쁘단다."

그 후, 또 한 명 모르는 사람이 나타났다.

어쩌면 벌써 한참 동안 그곳에 있었는지도 모른다. 머리칼이 길고 예쁜 사람이다. 의자에 앉은 채, 바다 쪽을 바라보고 있다. 누굴까, 생각하면서 나는 조심스레 말을 건넸다.

"처음 뵙겠습니다."

그가 천천히 돌아보았다.

"미안해요, 깨웠나 봐요. 여기서 보는 세토우치 바다가 그리워서."

혹시 이 사람도 전에 라이온의 집에 있었던 걸까. 코가 오뚝하고 청초하고 아름다운 사람이었다.

"우미노 시즈쿠라고 해요."

이 사람과 친해지고 싶어서 먼저 이름을 말했다.

"나는 스즈키 나쓰코라고 해요. 가볍게 나쓰라고 불러 주세요. 한참 됐지만, 여기서 여행을 떠난 게스트랍니다. 오늘은요, 당신한테 고맙다는 인사를 하러 왔어요."

나쓰 씨는 내 눈을 똑바로 보며 말했다.

"고맙다는 인사라니요?"

내가 그렇게 질문하기를 기대하고 있었는지 나쓰 씨는 백일홍처럼 빙그레 미소를 보였다.

"당신이 롯카를 진심으로 사랑해 주어서요."

"앗, 그럼 나쓰 씨는……."

"그래요, 롯카의 보호자였어요."

설마 그런 사람을 만날 줄은 생각지도 못했다.

"감사합니다."

나는 말했다. 말한 순간, 두 눈에서 눈물이 쏟아졌다. 나쓰 씨에게 감사의 마음이 솟구쳤다.

"저야말로 감사합니다. 롯카가 행복해하는 모습을 볼

수 있어서 진심으로 행복해요."

나쓰 씨의 눈에도 희미하게 눈물이 고였다.

"저 롯카를 정말로 좋아해요."

"그러시죠, 저도 롯카를 정말 좋아했어요. 근데 롯카
가 걱정이 돼서 좀처럼 하늘로 여행을 떠날 수가 없었
어요."

"그럼 줄곧 롯카를 가까이에서 지켜보셨어요?"

우리 엄마가 나를 지켜보았던 것처럼.

"네, 간단히 말하면 그런 느낌이네요. 밥 먹고 있을까,
산책은 갔을까. 물론 당신이 이곳에 오시기 전에도 롯카
는 많은 사랑을 받고 있었어요. 걱정할 필요가 없을 정
도로.

아마 제가 롯카 옆을 떠나고 싶지 않았던 것이었겠죠.
그래서 줄곧 가까이에 있었어요. 하지만 롯카에게 무슨
일이 있어도 나는 무엇 하나 직접 손을 내밀 수가 없어
요. 몸이 없다는 건 그런 거죠. 롯카에게 필요한 건 나
같은 존재가 아니라 온기가 있는 육체였어요. 시즈쿠 씨
가 롯카에게 다정한 온기를 주셨어요."

나쓰 씨의 말을 들으면서 나는 눈물이 멎지 않았다.

"당신은 모를지도 모르겠지만, 당신한테 기대 잘 때의 롯카 얼굴은 정말로 행복한 모습이었어요. 저 롯카가 잠든 얼굴을 보는 걸 정말 좋아하거든요, 행복해, 기분 좋아, 하고 온몸으로 말하고 있거든요. 그걸 보는 것만으로 저도 행복해졌어요.

그동안 많은 분들이 귀여워해 주었지만, 롯카의 그 행복에 겨운 잠든 얼굴을 보는 건 정말 오랜만이었답니다. 정확하게는 제가 몸을 잃은 이후 처음이었어요. 롯카는 그래 봬도 아무나 좋아하는 타입이 아니랍니다. 꽤 호불호가 확실해요. 흥미가 없거나 좋아하지 않는 상대에게는 절대 꼬리를 흔들지 않아요. 근데 좋아하는 사람한테는 얼마든지 웃음을 뿌리죠. 롯카는 그렇게 솔직한 개랍니다."

"나쓰 씨는 롯카와 어디서 만났어요?"

"그러게요, 그 이야길 하자면 길지만."

나쓰 씨는 그렇게 전제하고 롯카와 만나게 된 이야기를 시작했다.

"롯카는 동물보호단체의 소개로 만났답니다. 나는 그 무렵 갓 이혼하고 이런저런 일들이 다 순조롭지 않던 시기였어요. 대화할 상대도 없고, 그때 마침 길을 가다 벽보를 발견했죠. 이 아이의 주인을 찾습니다, 하는.

그때 롯카는 아직 강아지였어요. 태어난 날을 제대로 알 리 없지만, 아마 생후 반년 정도 되지 않을까 하더군요. 몸 크기는 지금과 거의 다르지 않았지만, 천진난만한 강아지. 만나러 갔더니 나를 보고 끙끙 하고 울더라고요.

이렇게 귀여운 아이가 어째서 동물보호단체의 보호를 받고 있을까, 무척 궁금했는데요. 알고 보니 롯카에게는 심한 알레르기가 있더군요. 아마 롯카를 낳은 모견이 몇 번이고 무리해서 출산을 강요당했을 테죠. 그때 처음으로 펫 숍 업계의 끔찍한 현실을 알았죠. 그래서 인생의 이런 타이밍에 만난 것도 인연이라 생각해서 롯카를 거두기로 했어요. 상처 입은 이들끼리 같이 살면 뭔가가 달라지지 않을까, 기대했죠."

"개를 키우는 건 처음이었어요?"

"네, 그때까지 개한테는 그리 흥미가 없었어요. 처음에는 확실히 많이 힘들더군요. 아무 데나 쉬를 하고. 알레르기가 심해서 시판 사료는 먹지 못하니 매끼 손수 만들어 먹이고. 하지만 롯카는 힘든 것의 몇 배나 되는 행복을 날마다 주었어요. 잔뜩 흐렸던 내 하늘이 단숨에 개어 맑은 하늘이 됐죠. 롯카와 함께 있으면 너무 즐거워서 이혼으로 우울했던 인생이 완전히 달라졌어요."

"롯카란 이름은 나쓰 씨가 지어준 거예요?"

"네. 저는 여름에 태어나서 나쓰코(夏子)가 됐지만, 롯카는 아마 추운 겨울에 태어났을 거예요. 게다가 털도 새하얀 눈 같아서 눈과 관련된 이름이 좋을 것 같았죠."

"롯카란 이름, 정말 멋져요."

나는 말했다. 정말로 그렇게 생각했다.

"고마워요. 시즈쿠 씨까지 그렇게 말해주니 기쁘네요. 롯카는요, 내게 더할 나위 없이 소중한 존재이고, 아직도 내 일부랍니다. 그래서 롯카가 행복하다면 나도 행복해요."

"알아요, 그 마음. 저도 롯카를 제 몸처럼 생각할 때가 있어요. 하지만 곧 이별해야 하니 너무 괴로워요."

나는 솔직한 기분을 털어놓았다.

"그러게요, 정말 괴롭죠. 저도 롯카 옆에 하루라도, 한 시간이라도, 일분일초라도 더 있고 싶어서 애썼어요. 그렇지만 시즈쿠 씨, 안심하세요."

나쓰 씨는 진지하게 나를 바라보았다. 그리고 후우,
하고 숨을 토하듯이 천천히 말했다.

"롯카는 모든 걸 알고 있으니까요. 롯카는 자기 때문
에 시즈쿠 씨가 아픈 걸 참거나 여행을 떠나지 못하는
걸 더 걱정하고 있을 거예요. 저 오늘은 시즈쿠 씨에게
감사한 마음과 함께 그 말을 전하러 왔어요."

롯카가 내 상황을 전부 알고 있다니…….

"롯카는 정말로 착하네요."

"맞아요. 롯카의 마음은 저보다 훨씬 더 넓고 깊어요."

그리고 둘이서 바다를 보았다.

"예쁘네요."

"정말로요."

"좀 피곤해서 저는 쉴게요. 나쓰 씨는 아직 더 계세요.
노을도 예쁘니까."

"고마워요."

나쓰 씨가 파도치는 바다를 바라보면서 온화하게 대
답했다.

하지만 다시 눈을 떴을 때, 나쓰 씨는 없었다.

이제 아름다운 아침 바다를 만나도 내 손으로 내 귀에 이어폰을 꽂고 음악을 듣지 못한다.

예전의 나였다면 그 사실을 슬퍼했을 것이다. 그러나 지금은 다르다. 나는 알게 됐다. 매일 아침 듣던 그 음악은 이미 이곳에 있다는 걸. 나는 몇 번이고 그 음색을 머릿속으로 재생할 수 있다. 음악은 나와 내장처럼 떨어질 수 없게 밀착해 있다. 그래서 지금은 슬프지 않다.

첼로가 연주하는 아름다운 선율뿐만이 아니라, 내가 어릴 때 본 풍경과 아빠와 함께 보낸 평온한 시간, 먹었던 음식, 기쁨과 슬픔, 내 인생 전부가 이곳에 있다. 나의 내부에 축적돼 있다. 그 속에는 갓 태어난 나를 보물처럼 다루는 부모님의 온기와 눈길도 포함돼 있다.

신기하게 죽음에 가까워지면 가까워질수록 나는 친부모의 존재를 강하게 느꼈다. 내가 지금 이곳에 있는 것은 모두 부모님 덕분이다.

나는 전보다 훨씬 불편해진 몸으로 때때로 웃고 때때로 울었다. 아직 감동하는 마음을 잃지 않은 것에 감사했다. 그 눈물은 100퍼센트 기쁨의 눈물이었다. 나는 얼마나 행복한 사람인지, 그렇게 느낄 때마다 내 눈에서는 눈물이 넘쳤다.

그리고 또 일요일 간식 시간이 찾아왔다.

이번에야말로 내 주문이 뽑힐지도 모른다.

모르핀 효과로 또 QOL이 향상했다. 걸어갈 수 있을 것 같아서 아장아장 걸음이긴 하지만, 오랜만에 내 다리로 서서 걸었다.

늘 앉던 난로 옆 테이블에 앉아 시작하기를 기다렸다. 다케오 씨의 더우화, 마스터의 카늘레, 모모의 애플파이 그리고 시마 씨의 모란떡. 어느 간식이고 전부 내 몸과 마음이 됐다. 기억에 남아 있는 건 거기까지다.

"그럼 시작하겠습니다."

언제나처럼 마돈나가 주문 편지를 읽어주었다. 간식실에는 선생님과 드물게 수녀님 모습도 있다.

"나는 아빠와 둘이 살았습니다.

어릴 때도, 그리고 지금도 나는 아빠를 좋아합니다.

내가 초등학교 2학년인가 3학년 때였을 겁니다. 마침 일요일이 아빠 생일이었습니다. 그때까지 아빠가 내 생일을 축하해 준 적은 있어도 내가 아빠 생일을 챙겨준 일은 없었습니다. 근데 문득 오늘은 내가 아빠 생일파티를 해 주자, 하는 생각이 들었습니다.

나는 처음으로 과자 만들기에 도전했답니다. 그때까지 아빠와 함께 부엌에 서서 간단한 간식을 만든 적은 있었지만, 혼자 만든 적은 없습니다.

어린 나는 진지했습니다. 아빠가 사용했던 과자 레시피 책을 펼쳐놓고 뭘 만들지 결정하고 재료를 베껴 써서 장 보러도 혼자 갔습니다. 그런 나를 아빠는 조마조마한 마음으로 보고 있었을 거라고 생각합니다. 나는 내가 과자를 만든다는 사실에 흥분해서 아빠의 걱정 따위 안중에도 없었습니다. 아빠는 절대로 주방에 오지 못하도록 다른 방에 있게 한 기억이 납니다.

내가 고른 것은 밀크레이프였습니다.

얇은 크레이프 반죽을 많이 구워서 그 사이에 크림을 바르면서 포개나가는 겁니다. 나름대로 만들 수 있을 것 같은 간단한 레시피를 골랐겠죠. 오븐을 사용하지 않고 프라이팬으로 가능한 것도 밀크레이프를 고른 이유였을지 모릅니다.

프라이팬에 반죽을 살짝 부어서 얇게 구운 것을 여러

장 만듭니다. 그리고 생크림을 거품 냅니다. 전동 믹서가 없어서 거품기로 거품을 내는데, 좀처럼 모양이 나지 않아 도중에 포기할 뻔했어요. 그래도 아빠한테 부탁할 수는 없었습니다. 나는 팔이 떨어지도록 저어서 거품을 냈습니다. 그러다 보니 볼 아래에 둔 얼음 효과로 겨우 생크림 모양이 나더군요.

그걸 구운 크레이프 사이에 발라서 켜켜이 쌓는 것인데 나는 생크림뿐만 아니라 냉장고에 있던 잼, 그것도 몇 종류의 잼을 번갈아가며 발랐습니다. 즉, 생크림 다음은 딸기잼, 그다음에 또 생크림, 다음에는 마멀레이드 식으로 맛에 변화를 주었습니다. 아침은 늘 빵 중심이어서 냉장고에는 여러 종류의 잼이 있었습니다. 그중에는 아빠가 손수 만든 잼도 있었죠.

사실은 마지막에 시판 데커레이션 케이크처럼 '아빠, 생일 축하해요' 하고 초콜릿으로 글씨를 써넣고 싶었지만, 장을 볼 때 거기까지 생각하지 못해서 글씨 쓰기용 튜브 초콜릿을 사지 못했습니다. 그 대신 하트 모양으로 자른 색종이에 메시지를 써서 완성한 밀크레이프에 올렸죠.

그것이 인생 최초로 직접 만든 간식입니다. 다 만든 밀

크레이프를 랩으로 싸서 냉장고에 넣어두었습니다. 저녁
은 아빠가 초밥을 배달시켜서 둘이 비디오를 보며 먹었습
니다. 그리고 드디어 케이크 등장.

나는 아빠를 놀라게 하고 싶어서 등을 돌린 채 밀크레
이프를 가져왔죠.

밀크레이프에는 작은 초를 딱 한 개만 꽂고 축하했습
니다.

그 밀크레이프 맛을 잊을 수 없습니다. 내가 만들어 놓
고 이런 말하긴 뭣하지만, 정말로 맛있었습니다.

무엇보다 기뻤던 건 아빠가 기뻐해 준 것이었어요.

그 밀크레이프를 떠나기 전에 한 번 더 먹어보고 싶습
니다."

거기서 마돈나는 꾸벅 절을 하고 읽고 있던 주문 편
지를 접어서 메이드복 앞치마에 조심스레 다시 넣었다.

그때,

"기억하고 있습니다."

어디에선가 반가운 목소리가 들렸다. 그것은 틀림없
이 아빠 목소리였다. 하지만 어째서? 아빠가 라이온의

집에 있다니 말도 안 된다. 이상하네, 생각하면서 천천히 돌아보니 진짜로 아빠가 창가 의자에 앉아 있다.

어떻게 된 일이지?

머리가 혼란스러웠다. 혹시 내가 모르는 사이에 아빠도 세상을 떠나서 나를 데리러 온 걸까. 멍하니 그런 생각을 하고 있는데,

"시짱!"

나를 발견한 아빠가 놀란 표정을 지었다.

"시즈쿠 씨, 잠이 깼군요?"

마돈나가 차분한 목소리로 말했다.

"……나."

나는 말했다. 하지만 아무리 소리를 내려고 해도 희미하게 속삭이는 듯한 소리밖에 나오지 않았다. 배에 힘이 들어가지 않는다.

"시즈쿠 씨, 아직 잘 살아 있습니다. 아버님이 만나러 오셨어요."

내 눈을 말끄러미 보면서 마돈나가 천천히 말을 이었다. 그야말로 지금 내가 듣고 싶은 말이다.

"……왜?"

나는 말했다.

어떻게 내가 여기에 있는 걸 알았을까.

그러자 아빠는 내 소꿉친구 이름을 말하며 그 아이가 가르쳐 주었다고 미소 지었다.

아빠가 다가와서 내 손을 살며시 잡았다. 그리고 자연스럽게 내 눈의 눈곱을 떼어주었다.

"시짱, 애썼네."

아빠의 말에,

"정말로 시즈쿠 씨, 애 많이 썼습니다."

마돈나도 목소리를 더했다.

"롯카."

나는 말했다. 지금 당장 롯카를 보고 싶었다.

"당장 불러오겠습니다."

마돈나가 빠른 걸음으로 방을 나갔다.

오랜만에 아빠를 만났다.

다시 만날 수 없을 줄 알았다.

그러나 어릴 적 친구에게 메일로 근황을 전할 때, 나는 은근히 아빠에게 전해지길 기대하고 있었을지도 모른다. 표면적으로는 이제 아빠를 만나지 않아도 된다고 각오하고 있었다 해도. 병에 대해 말하지 않았다고 화내지 않을까 했지만, 아빠는 아무 말도 하지 않았다.

그 대신, 아참, 이거, 하면서 종이가방에서 보자기에 싼 상자를 꺼냈다. 내 옆에서 아빠가 얼른 보자기를 풀었다. 상자 뚜껑을 여니 거기에는 주먹밥이 나란히 있다. 정삼각형 주먹밥이 세토우치섬 그림자 같다. 쌀이 반짝반짝 윤기가 난다. 라이온의 집에 올 때, 배에서 본 풍경을 떠올렸다.

"시짱, 먹을래?"

사실은 크게 한입 베어 먹고 싶었다. 그러나 이제 몸이 받아주지 않았다. 미안해, 하고 속으로 말하면서 고개를 가로저었다. 그런 내 머리를 아빠가 말없이 쓰다듬어 주었다. 따듯하다, 해님 같은 아빠의 온기. 이 사람이 아빠여서 정말로 행복했다. 그리고 내게 몸을 준 천국의 아빠와 엄마에게도 진심으로 감사했다.

"시즈쿠 씨."

마돈나가 롯카를 품에 안고 왔다. 바로 내 침대에 뛰어들어 몸을 비볐다. 롯카 식의 친애 인사다. 폭신폭신한 털이 자잘한 거품처럼 내 손바닥을 감싼다. 하지만

나는 이제 롯카에게 친애 인사를 같이 해줄 수가 없다. 그래도 마음의 소리로 크게 전했다.

롯카, 롯카를 사랑하는 사람을 만났어.

나쓰 씨도 롯카를 사랑한다고 했어.

롯카는 나쓰 씨와 멋진 시간을 많이 보냈지? 참 좋았겠다.

그때,

"오늘 간식 시간에 나온 밀크레이프를 가져왔습니다."

마돈나가 낭랑한 목소리로 말했다.

그렇구나, 내가 아까 간식실에 있었던 건 환상이었나. 지금도 어느 쪽이 현실인지 꿈인지 모호하다. 갑자기 겉과 속이 휘릭 바뀌는 일도 충분히 있을 수 있다.

"차를 준비해 오겠습니다."

마돈나가 조용히 방을 나갔다. 하지만 아빠와 마주보고 있어도 무슨 이야기를 해야 할지 모르겠다. 게다가 나는 목소리가 거의 나오지 않는다. 몸이 움직이지 않는 건 어느 정도 예측했고, 나름대로 각오도 돼 있었다. 그런데 목소리가 나오지 않는 것은 예상하지 못한 일이었다.

아빠가 말했다.

"실은 오늘 시짱을 꼭 만나고 싶다고 하는 사람을 데리고 왔단다."

"……부, 인?"

거의 나오지 않는 소리로 물었다. 아빠는 묵묵히 고개를 가로저으며 부정했다. 사실은 아빠의 부인이 된 사람 이름을 알고 있다. 그러나 아직 그 사람의 이름을 쉽게 부를 수가 없다. 고집스러운 내가 있다. 그것도 포함해서 나이지만.

"딸이야. 곧 중학생이 돼. 딸한테 실은 네게 언니가 있어, 했더니, 만나고 싶어, 만나고 싶어, 언니 만나고 싶어, 하고 떼써서. 이 아이 이야기를 언젠가 시짱한테 해야 할 텐데, 하고 생각했지만, 도저히 말이 나오지 않았어. 놀라게 해서 미안해."

아빠가 말했다.

내게 여동생이 있었어!

나는 그렇게 큰 소리로 말하고 싶었다. 하지만 말하지 못한다. 말하지 못하는 대신, 만, 날, 래, 하고 아빠도 알아듣도록 열심히 입을 움직여 보았다. 여동생이란 말을 듣는 순간부터 마음이 덜덜 떨렸다. 말도 안 되는 서프라이즈다.

"알겠다. 지금 차에서 기다리고 있으니까 데려올게. 시짱, 누워서 쉬고 있어."

아빠는 빠르게 말하더니 튕겨 나가듯이 방을 뛰쳐나갔다.

나는 롯카와 둘이 남았다. 가슴에 꼭 껴안고 싶은데 이제 롯카를 안을 수도 없다.

미, 안.

팔베개도 해줄 수 없다. 그래도 롯카를 향한 애정은 조금도 줄지 않았음을 어떡하든 전하고 싶었다.

"자, 시즈쿠 언니야."

아빠를 따라서 여자아이가 수줍은 듯이 방에 들어왔다. 손에 꽃다발을 들고 있다.

"······이, 름, 은?"

내가 묻자,

"고즈에예요."

고즈에는 수줍어하면서도 또렷하게 대답했다.

"눈매 같은 데가 닮았네요. 시즈쿠 씨랑."

각각의 찻잔에 허브티를 따르면서 마돈나가 말했다.
나는 여동생의 얼굴을 말끄러미 보았다. 세상의 호칭대
로라면 이복동생일지도 모른다. 그러나 내게는 그냥 동
생이었다. 내게 동생이 생겼다는 사실을 믿을 수가 없어
서 꿈을 꾸는 기분이었다.

나는 외톨이가 아니었구나.

그렇게 생각하니 너무 기뻤다. 다 팔리고 마지막으로
남은 러키박스를 샀더니 의외로 내 취향의 것이 잔뜩
들어 있어서 득템한 기분이다.

"자, 먹어봐요."

마돈나가 밀크레이프를 잘라서 우리 앞에 내주었다.
나는 천천히 몸을 일으켰다. 바다에서 빛의 알갱이가 기
쁜 나머지 춤을 췄다. 그 빛을 보고 있는 나도 역시 기
쁜 나머지 춤을 출 것 같았다.

그러나 밀크레이프를 먹지 못한다. 그렇게 나오길 바
랐던 것인데. 그래도 몇 겹으로 된 그 밀크레이프를 보
는 것만으로 마음이 푸근해졌다. 아무렇지 않은 일상 속
에 반짝거리는 달콤한 추억이 끼어들어, 그것이 마치 내
인생을 상징하는 간식처럼 느껴졌다. 밀크레이프를 먹

고 있는 아빠와 고즈에 옆에 있는 것만으로 행복했다. 아빠와 함께 보낸 많은 추억을 떠올렸다.

"······맛, 있, 어?"

천천히 고즈에에게 물어보자 고즈에는 입술을 꼭 다 물고 끄덕였다.

이런 환자를 보는 건 처음일 것이다. 내가 고즈에에게 공포심을 안겨주는 건 아닌가 걱정됐다. 그러나 고즈에를 만나서 진심으로 행복했다. 인생 마지막 보너스다.

모든 것은 내 인생의 결과. 살아온 시간의 결정(結晶)이 지금이다.

그러니까 내가 내 인생을 축복하지 않으면 누가 축복하겠는가?

나는 나 자신을 두 팔로 꼭 껴안고 등을 토닥거리며 어, 열심히 잘 살았구나! 하고 위로의 말을 해주고 싶었다.

이 타이밍에 천국으로 여행을 떠나도 괜찮겠다.

문득, 그렇게 생각했다.

내게는 이제 미련 한 자락도 없다. 아빠도 만났다. 예상치 못했던 여동생까지 만났다. 끝이 좋으면 다 좋은 것이란 이런 거구나.

돌아보면 얼마나 심오한 인생이었던가. 나는 이번 인생에서 단맛 신맛 모두 경험했다. 내 인생은 살아가는 게 쉽지 않다는 걸 배우기 위한 것이었는지도 모른다.

눈을 감고 숫자를 세어 보았다. 지금이라면 스르륵 몸에서 나갈 수 있을 것 같다.

숫자를 세고 있는데 내가 어린 시절로 돌아가서 아빠와 목욕을 하고 있다. 하나아, 두우울, 세엣, 네엣, 내 옆에는 아직 머리숱이 많은 젊은 시절의 아빠가 있었다.

다서엇, 여서엇, 일고옵, 여더얿.

물이 따뜻해서 기분 좋았다.

하지만 만약 지금 내가 이 타이밍에 천국으로 여행을 떠난다면 아빠와 고즈에는 혼란스럽겠지. 나는 죽을 각오가 돼 있어도 아빠와 고즈에는 다르다. 내가 지금 떠나면 놀랄 것이다. 후회하게 만들지도 모른다. 그러니까 역시 지금 떠나면 안 된다.

그렇게 생각하고 다시 천천히 눈을 뜨고 말했다.

"사, 안, 책. 모, 두, 포, 도, 밭, 에, 가, 지, 않, 을, 래?"

아까보다 더 목소리가 나오지 않았다. 목소리라기보다 거의 숨소리밖에 나오지 않았다. 그래도 마돈나는 독

화술처럼 내 말을 알아듣고 해독했다.

"좋네요, 모처럼 아버님과 동생이 오셨으니 모두 산책 갈까요. 지금 곧 스태프들과 외출 준비를 하고 오겠습니다. 시즈쿠 씨는 조금 더 쉬고 계세요."

마돈나가 언제나처럼 차분한 목소리로 말했다.

고즈에가 내 침대에 가볍게 걸터앉아 롯카 등을 쓰다듬었다. 사실은 고즈에와 많은 이야기를 나누고 싶었다. 롯카에 대해 더 알려주고 싶다. 밀크레이프 만드는 법도 가르쳐 주고 싶다. 그러면 다음에는 고즈에가 아빠한테 만들어 줄 수 있는데.

만약 내가 어제 죽었더라면 이렇게 아빠와 고즈에를 만나지도 못했을 것이다. 그렇게 생각하니 새삼 이 몸에 아직 생명이라는 것이 남아 있는 데 감사했다. 불면 날아갈 것 같은 가녀린 생명이어도 생명이 있으니 오늘이 있다. 그래서 더 살고 싶다, 죽고 싶지 않다, 그렇게 바라는 것은 절대 틀린 게 아니었다.

신이여, 고마워요!

나는 있는 힘을 다해서 마음의 소리로 외쳤다.

산책에는 마돈나 외에 언제나 나를 돌봐주는 스태프

들도 함께 와주었다. 내 힘으로는 걸을 수 없어서 휠체어를 탔다. 물론 롯카도 함께다. 여전히 폴짝폴짝 토끼처럼 뛰어다닌다.

"곧 2월이네요."

푸른 하늘을 올려다보며 마돈나가 중얼거렸다.

"어딘가에서 매화가 피고 있는 것 같아요."

스태프 한 사람이 이어서 말했다.

"슬슬 맛있는 까나리 계절이 오네요."

또 다른 스태프도 밝은 목소리로 말했다.

그런가, 곧 2월인가. 그것은 라이온의 집에 온 지 한 달이 지났다는 말이다.

나는 눈을 감고 크게 숨을 들이마셨다. 정말로 은은하고 부드럽게 매화 향이 난다. 마음껏 들이마셨더니 몸속에 매화가 만개한 것 같은 기분이 들었다. 내가 제일 좋아하는 감귤 향도 난다. 이번에는 힘껏 그 숨을 밖으로 토했다.

지금이라는 순간에 집중하면 과거 일로 끙끙 앓는 일도, 나중 일로 걱정하는 일도 없어진다. 내 인생에는 지금밖에 존재하지 않게 된다.

그런 간단한 것도 여기까지 와서 겨우 깨달았다. 그러니까 지금이 행복하다면 그걸로 됐다.

아빠와 고즈에는 내 휠체어를 양쪽에서 잡고 천천히 걸어갔다. 포도밭에 가고 싶다고 한 건 다히치를 만나고 싶어서가 아니다. 물론 다히치에게는 나의 이런 해골 같은 모습을 기억에 남겨두고 싶지 않았다.

그저 아빠와 고즈에에게 그곳의 풍경을 보여주고 싶었다. 그것을 두 사람에게 선물하고 싶었다. 이별의 슬픔이 아니라 아름다운 바다와 하늘과 빛의 기억을 가지고 집에 돌아가게 하고 싶었다. 내게는 두 사람에게 선물할 수 있는 게 그 정도밖에 없다. 같이 아름다운 풍경을 보는 것이 최고의 선물이라고 생각했다.

살아 있길 잘했다.

오늘이라는 날을 맞이할 수 있어서 정말 다행이다.

이제 건강한 시절의 몸으로는 돌아가지 못한다. 그러나 건강한 시절의 마음은 되찾았다. 그 사실이 지금 너무나 자랑스럽다.

고마운 마음이 내 안에서 봄바람처럼 살랑거린다.

그 후, 나는 기적적으로 다음 간식 시간에도 참가했다. 신이 아직 나를 살려주고 있는 것 같다.

　내 희망은 전부 이루어졌으니 이번에는 누군가의 희망에 입회할 차례였다.

　이미 간식실에는 많은 사람이 모여 있었다. 어떤 간식이 나올까 하는 모두의 설렘이 전해졌다. 오늘은 사람이 많아서 간식실에 다 들어가지 못해 복도까지 넘쳐났다.

　언제나처럼 마돈나가 모두의 앞에 서서 주문 편지를 낭독했다. 꽃가루병인지 감기인지 마돈나는 평소보다 콧소리가 났다.

"학창 시절에 지인 부탁으로 가사를 쓴 곡이 대히트를 해서 그때부터 줄곧 선생님이라고 불리는 인생을 걸어왔다. 내 인생에는 역경 따위 한 번도 없었고 언제나 순풍만 불었다."

선생님이다. 선생님이 쓴 글이다. 마돈나는 계속했다.

"그런 내가 느닷없이 암에 걸렸다. 청천벽력이었다. 고치지 못하는 단계란 걸 안 순간, 주위에 있던 사람들이 뿔뿔이 떠나갔다."

"그건 자기 탓이에요."
나는 말했다. 지금까지 이런 짓을 한 적은 한 번도 없다. 그런데 입이 멋대로 움직였다.
마돈나가 나를 보고 크게 끄덕였다. 마돈나가 낭독을 중단한 사실을 깨닫고, 미안합니다, 하고 사과했다. 마돈나는 마음을 가다듬듯이 한번 심호흡을 한 뒤, 아무 일도 없었던 것처럼 계속 읽었다.

"나한테 암이 발견됐을 때, 나는 한심하게도 아내 탓을 했다. 네가 유산을 노리고 내 식사에 독을 탔지. 가벼운 농담이었는데 아내는 다음 날, 이혼 신고서를 두고 집을 나갔다."

당연하다. 자기 암을 남 탓으로 돌리다니 말도 안 된다. 그렇게 생각했지만, 입 밖에 내지는 않았다.

"밖에 여자를 만들어 두고 지내다 관계가 틀어질 때면 아내한테로 돌아왔다. 좋은 집을 짓고 차와 보석을 사주고 해외여행을 보내어 아내를 만족시키고 있다고 착각했다. 모든 것이 내 마음대로 될 거라고 생각했다."

아무렇지 않게 이런 사고방식으로 사는 사람이라니 어이가 없다. 선생님이란 사람은 얼마나 어리석은지. 그러나 이 말도 입 밖에 내지 않았다.

"요전에 아내가 그렇게 말했다. 행복한 사람이란 주위 사람을 얼마나 웃는 얼굴로 만들었는가로 알 수 있다고. 유일하게 나를 마지막까지 버리지 않은 사람이 아내였다는 걸 나중에 깨달았다."

나는 얼마나 주위 사람을 웃게 만들었을까.

"나는 그때 분한 마음에 바보 같은 여자야, 하고 소리치는 것밖에 못 했다. 전부 맞는 말이었지만, 그 자리에서 인정할 수 없었다. 이런 결과가 된 것을 누군가의 탓으로 하지 않으면 성이 풀리지 않았다."

그때 이야기 일부를 나는 복도에서 들었다. 돌이켜보니 그 무렵부터 몸이 말을 듣지 않게 된 것 같다. 물론 선생님이 부인에게 소리친 일과는 관계가 없지만. 다시 마돈나의 목소리가 들렸다.

"아내는 건포도 샌드를 들고 병문안을 왔다.
내가 제일 좋아하는 건포도 샌드다.

근데 나는 그런 것 필요 없어, 가져가, 하고 아내를 떠밀었다.

아내는 마지막 정도는 같이 차를 마시면서 건포도 샌드를 먹고 싶었을지도 모른다.

아내에게는 아무리 사과해도 부족하다.

정말로 미안한 짓을 했다고 반성한다.

병에 걸리고서야 비로소 돈으로 살 수 없는 것이 있다는 걸 알았다. 그 사실을 깨닫고 보니 세상은 돈으로 살 수 없는 것투성이었다.”

마돈나는 거기까지 읽고 고개를 들었다. 그리고 엄숙한 목소리로 말했다.

“누구나 자기가 뿌린 씨를 키워 수확을 합니다.”

마돈나의 말을 들으면서 선생님이 울고 있었다. 우는 것을 눈치채지 못하도록 입술을 꽉 물고 울고 있다.

“나는 밭에 아무것도 심지 않았어요. 모든 것은 환상이었어요.”

울면서 선생님은 고백했다.

그러자 마돈나는 고개를 들고 노래를 부르기 시작했

다. 나도 아는 유명한 곡이었다. 도중에 다른 사람도 몇 명이 따라 불렀다. 노래가 끝나자, 마돈나는 말했다.

"제대로 씨를 뿌렸지 않습니까. 당신이 만든 가사에 힘을 얻은 사람들이 수없이 많습니다. 외람되지만, 저도 그 한 사람입니다."

간식실에 같이 있던 사람들에게서 박수가 터졌다. 나도 박수를 쳤다. 지금 들은 곡의 가사가 말뚝처럼 가슴 깊은 곳에 박혔다. 멜로디는 대충 알고 있었지만, 후렴 이외의 부분까지 의식해서 들은 건 처음이었다. 눈앞의 선생님이 썼다고 생각할 수 없을 정도로 순박하고 가련한 내용이었다.

"하지만,"

선생님은 일그러진 얼굴로 콧물을 흘리면서 아이처럼 흐느껴 울었다.

"이런 건 마감에 쫓겨서 15분 만에 적당히 쓴 가삽니다. 히트 친 것은 내 힘이 아닙니다."

선생님의 눈에서 닭똥 같은 눈물이 펑펑 쏟아졌다.

"그건 아닙니다."

마돈나는 희미하게 미소를 지으며 말했다.

"선생님, 당신에겐 적당히였어도 당신의 재능이 그렇게 만든 것입니다."

선생님은 신 앞에서 참회하듯이 독백을 했다.

"이제 인생을 다시 살 시간이 얼마 남아 있지 않아요. 상처 입힌 사람들에게 머리를 숙이고 사과할 수도 없어요. 나를 지탱해 준 사람에게 감사의 말을 전할 수도 없어요."

철갑을 벗은 선생님이 고개를 푹 숙이자 몸이 더 작아 보였다.

"오늘 간식은 건포도 샌드를 준비했습니다. 부디 맛있게 드세요."

마돈나의 목소리가 울렸다. 건포도 샌드를 나눠주는 사람은 지금까지 만난 적 없는 백발 섞인 여성이었다. 어쩌면 선생님의 전 부인일지도 모른다. 한 사람 한 사람에게 인사하면서 건포도 샌드를 나눠주고 있다.

선생님은 늦지 않았다. 아슬아슬했지만, 살아 있는 동안에 자신의 잘못을 깨달았다. 그 사실에는 큰 박수를 보내고 싶었다.

그때, 마돈나가 내게 무심히 건넨 말. 사람은 살아 있

는 한 바퀴 기회가 있다. 그것은 정말이었다. 나는 전혀
느끼지 못했지만, 어쩌면 마돈나에게는 선생님이 자기
잘못을 깨닫는 모습이 보였을지도 모른다. 아니, 마돈나
의 확고한 믿음이 그의 마음을 바꾸었을지도 모른다.

역전 만루 홈런이 아니어도 돼요, 하고 나는 선생님에
게 말하고 싶었다. 그렇게 간단히 삶의 방식을 바꿀 수
는 없는 것. 하지만 자기 인생을 끝까지 포기하지 않고
바꾸려 노력하는 것에 큰 의미가 있다고 생각했다.

나도 그랬다. 나는 이곳에 와서 간신히 바뀌었다. 자
포자기하고 라이온의 집에 온 과거의 나를 지금은 무척
부끄럽게, 그러나 사랑스럽게 생각한다.

마돈나의 말대로 사람은 죽기 직전까지 바뀔 기회가
있다.

내 앞에도 건포도 샌드가 나왔다. 오늘은 마이 씨뿐만
아니라 언니 시마 씨도 주방에서 일을 돕고 있다. 오랜
만에 보는 시마 씨의 모습이다. 눈 밑에 다크서클이 생
겼지만, 그리 야위지도 않았고 안색도 나쁘지 않았다.
시마 씨는 찻주전자를 들고 진지한 표정으로 차를 따르
고 있다.

"시즈쿠 씨, 몸은 좀 어때요?"

복도에서 말하는 소리가 또렷이 들렸다. 어쩌면 내 귀에 보청기가 달렸는지도 모른다.

다히치의 목소리가 틀림없다. 그리고 대화 중인 상대는 마돈나다.

"벌써 며칠째 이래. 출혈한 이후 의식은 거의 없는 것 같지만, 이따금 눈을 뜨고 누군가와 이야기를 해."

"그런가요. 여기저기를 왔다 갔다 하고 있는 거겠죠. 엄마도 말기 때 그래서 좀 알 것 같아요."

그런가, 다히치도 어머니를 여의었구나. 몰랐다.

"아마 그럴 거야. 하지만 마지막까지 귀는 들린다고 하니 말을 걸어줘 봐."

마돈나 말이 맞다. 내게는 두 사람의 대화가 제대로 들렸다. 마돈나는 말을 이었다.

"촛불은 꺼지는 순간이 제일 아름답게 느껴지는데 사람도 그러네. 시즈쿠 씨를 보고 있으면 더 절실히 그런 생각이 들어."

다히치가 내 옆으로 와서 말을 걸어주었다.

"그날 바다, 참 예뻤죠. 시즈쿠 씨가 롯카와 뒷자리에 앉아서 왠지 가족 같은 기분이 들고 좋네, 생각했어요. 그때, 시즈쿠 씨가 말했죠. 라이온의 집에 들어가길 정말 잘했다고. 나요, 순간 어떻게 대답해야 할지 몰라서 시즈쿠 씨 말을 무시한 게 돼버렸는데 미안해요. 하지만 그때 시즈쿠 씨 목소리 잘 들렸어요."

나도 다히치 목소리가 잘 들린다. 숨소리까지 또렷이 들린다.

다히치는 계속했다. 내 손을 부드럽게 잡으면서.

"어째서, 어째서요. 어째서 헤어지지 않으면 안 되는 건가요. 기껏 만났는데. 시즈쿠 씨하고 데이트도 더 많이 하고 이 섬 여러 곳에 같이 가고 싶었는데."

나도 다히치와 더 많은 곳에 가고 싶었다. 섬 여기저기에서 여러 가지 표정의 바다를 바라보고 싶었다. 여름이 되면 그 예쁜 모래사장에서 불꽃놀이도 해보고 싶었다. 다히치와 롯카와 바다에서 수영도 하고 싶었다.

"하지만 시즈쿠 씨가 병이 나지 않았더라면 만나지 못했겠죠. 웃긴 현실이지만."

정말, 다히치 말이 진실 그 자체다. 내가 암에 걸리지 않았더라면 레몬 섬에 방문할 일도 없었다.

아, 그런 건가. 설에 들은 수녀님의 말. 불행을 한껏 들이마시고 토하는 숨을 감사로 바꾸라는 것은.

"만나서 기뻤어요. 약속, 잘 지킬 테니 안심해요. 그리고 다음에는 빛이 돼서 우리를 비춰줘요. 엄마가 돌아가시기 전에 말씀하셨어요. 죽은 사람은 빛이 된다고. 그 말, 나 믿어요. 그러니까 시즈쿠 씨도 빛이 될 겁니다."

다히치는 말했다.

그렇다, 나는 빛이 된다.

빛이 돼 세상을 비춘다.

그렇게 생각하니 눈부신 기분이 무럭무럭 팽창한다.

다히치가 내 뺨에 자기 뺨을 갖다 댔다. 다히치 냄새가 반가웠다.

"고마워요. 언젠가 꼭 다시 만날 수 있을 것 같은 기분이 드니까 이별의 말은 하지 않을게요."

맞아, 나도 그렇게 생각한다. 나도 다히치와는 또 어딘가에서 다른 형태로 만날 수 있을 것 같은 기분이 드니까 이것은 이별이 아니다.

잘 먹겠습니다, 하고 건포도 샌드를 살짝 들어 올렸

다. 얼굴을 가까이 가져가니 버터크림의 달콤한 향이 난다. 문득 고즈에의 얼굴이 떠올랐다. 고즈에도 건포도 샌드를 먹게 해주고 싶다. 내가 먹는 양이 반이 돼도 좋으니 고즈에가 기뻐하는 얼굴을 보고 싶다. 단 한 사람이어도 인생에서 그런 사람을 만났다는 사실 자체가 내게는 최고의 수확이었다. 나도 씨를 뿌린 것이다.

햇빛을 듬뿍 받고 자란 듯한 내 동생. 내가 한때 맛본 고독과 안타까움과 초조함은 고즈에라는 생명을 키우기 위한 양분이었다. 그렇게 생각하니 아무렇지 않았다. 그 시간도 절대 헛되지 않은 것이었어.

건포도 샌드를 다 먹고 홍차를 한 모금 마신 뒤 나는 말했다.

"잘 먹었습니다."

아직 입속에는 건포도와 비스킷과 크림의 여운이 남아 있다.

그러자 어디선가 후후 웃음소리가 들렸다.

그리고 마돈나가 말했다.

"시즈쿠 씨, 정말로 수고했습니다. 편히 쉬세요."

나는 빛이 된다.

빛이 돼 세상을 비춘다.

그렇게 생각하니

눈부신 기분이 무럭무럭 팽창한다.

*

1일째

　시즈쿠 언니가 죽었다.

　그 소식이 날아온 것은 어젯밤 늦게였다. 나는 그 사실을 오늘 아침 학교 가기 전에 엄마한테 들었다.

　시즈쿠 언니를 만난 지 일주일밖에 지나지 않았다. 그때 시즈쿠 언니는 확실히 숨을 쉬고 있었다. 형태가 있었다. 만지면 따듯했다. 그런데 지금은 그렇지 않다. 형태는 있지만, 숨은 쉬지 않고, 몸도 따듯하지 않을 것이다. 나는 몇 년 전에 죽은 토끼를 떠올렸다.

　현관문이 열리고 퇴근한 아빠가 돌아왔다.

"다녀오셨어요."

맞이하러 나가자 코트를 벗은 아빠가 놀란 듯이 얼굴을 들었다.

"목소리가 똑같아서 시짱인 줄 알았네."

그리고 슬픈 듯이 웃었다. 나도 따라서 슬픈 듯이 웃어 보였다.

"이거 엄마한테 주렴. 시짱이 좋아하는 것이어서 오는 길에 사 왔단다."

아빠가 가방에서 지쿠와(구멍 뚫린 원통형 어묵)를 꺼냈다. 환경 보호에 열심인 엄마의 영향으로 아빠도 나도 슈퍼 봉지는 받지 않는다. 지쿠와에 이어 푸딩도 나왔다.

"비?"

아빠 코트의 어깨 언저리가 젖은 것을 발견하고 물어보았다. 내가 학교에서 돌아올 때는 내리지 않았다.

"응, 조금이지만. 눈물비인가."

아빠는 시즈쿠 언니가 죽었다는 소식을 듣고 울었을까. 나는 아직 제대로 울지 않았다. 사실은 마음껏 울어야 할 장면이란 건 아는데 몸은 그렇게 잘 반응하지 않았다.

"이거 아빠가."

주방에서 저녁 준비를 하는 엄마에게 지쿠와를 건넸다. 모양도 그렇고 크기도 그렇고 계주 배턴 같다. 푸딩은 내가 직접 냉장고에 넣었다.

"오늘 저녁은 뭐야?"

내 물음에,

"시즈쿠가 좋아한 닭고기 전골로 하자고 아빠가 그러네. 고즈에도 도와줄래? 전골 준비는 슬슬 다 됐으니까. 오늘은 시즈쿠 분의 젓가락과 공기도 꺼내놓자."

"네에."

나는 일부러 말끝을 길게 빼며 대답하고 그릇장을 열었다.

평상복으로 갈아입은 아빠가 거실로 내려왔다. 엄마 옆에 나, 대각선으로 아빠가 앉고 평소에는 비어 있는 내 맞은편에 시즈쿠 언니의 자리를 준비했다.

새 젓가락과 공기와 대접은 그릇장 한복판에 놓여 있다. 줄곧 손님용으로 생각했는데 어쩌면 이 세트는 시즈쿠 언니 전용일지도 모른다.

"맥주는?"

엄마가 묻자,

"그러게, 조금만 마실까."

아빠가 대답했다.

냉장고에서 병맥주를 꺼내 온 엄마가 뚜껑을 따서 아빠 앞의 컵에 따랐다. 너무 힘을 주어서 하마터면 거품이 넘칠 뻔했다. 알코올을 전혀 마시지 않는 엄마는 찻잔에 늘 마시는 녹차를 가져왔다. 나는 적당한 컵에 수돗물을 받아서 자리에 앉았다.

"헌배."

아빠가 말하며 맥주가 든 잔을 들었다.

"아빠, 건배잖아."

아빠가 착각했다고 생각했다. 그랬더니 아빠는 온화한 눈을 하고 말했다.

"헌배는 죽은 사람에게 명복을 비는 마음으로 마시는 술을 말하는 거야."

착각한 건 내 쪽인 것 같다. 나는 조금 민망해하면서 헌배, 하고 고쳐 말했다.

"헌배."

"헌배."

부모님도 숙연한 표정으로 각자의 술잔과 찻잔을 들었다. 왠지 모르게 수돗물이 짜게 느껴지는 건 기분 탓일까. 물로 희석한 눈물 맛이 난다.

엄마가 휴대용 가스레인지에 불을 붙였다. 캠프파이어 때 모닥불을 바라보는 것처럼 세 식구는 말없이 동그랗게 퍼져가는 파르스름한 불꽃을 지켜보았다.

"슬슬 먹어도 될 거야."

침묵을 깬 것은 엄마였다. 엄마가 전골 뚜껑을 열자 그곳에는 닭고기 완자가 혹성처럼 둥둥 떠 있다. 아빠가 소쿠리에 담은 채소를 손으로 집어서 넣었다. 지쿠와도 함께 넣었다.

채소가 익기를 기다리면서 공기에 소스를 따랐다. 시즈쿠 언니의 공기에도 소스를 따랐다. 그리고 매운 것도 조금 넣었다. 시즈쿠 언니는 어른이니까 나와 달리 매운 것도 잘 먹을 것이다.

냄비에 넣은 채소가 숨이 죽었을 즈음 아빠가 말했다.

"먹을까. 시짱을 생각하며 먹으면 시짱도 기뻐해 줄 거야."

"잘 먹겠습니다!"

나는 아이처럼 밝은 목소리로 말하고 젓가락을 내밀었다. 동아리 활동을 하고 와서 배가 고팠다. 먼저 제일 좋아하는 채소를 먹고, 그다음 뜨거운 닭고기 완자를 입안 가득 물었다.

"맛있어. 근데 뜨거워."

입속에서 닭고기 완자가 불을 뿜으며 작렬한다. 간신히 완자를 삼킨 뒤 컵에 든 물을 단숨에 마셨다. 역시 물이 짜게 느껴진다.

"결국 나는 시즈쿠를 한 번도 만나지 못했네."

허둥대는 내 옆에서 엄마가 식탁에 턱을 괴며 울적하게 말했다. 나와 아빠가 공기에 뜨는 걸 보기만 할 뿐, 엄마는 뜨지 않고 있다. 옆에 나란히 있어서 모르겠지만, 엄마는 어쩌면 울고 있을지도 모른다.

"어쩔 수 없지. 시짱이 혼자 살겠다고 고집을 부렸으니. 억지로 데리고 와서 한 지붕 아래 사는 건 무리였잖아. 그때는 여러 가지 일도 겹쳤고."

여러 가지 일, 그게 무엇인지 궁금했지만 애써 흘려들었다.

요전 일요일에 시즈쿠 언니를 만난 이후, 나는 몇 번

이고 시즈쿠 언니와 나의 현재 나이, 내가 태어났을 때 아빠의 나이 등에서 나의 '발생'과 시즈쿠 언니가 혼자 살게 된 것에 직접적인 인과관계가 있지 않을까를 탐색했다. 결과는 몇 번을 해도 노, 나는 그 사실에 은근히 가슴을 쓸어내렸다. 내가 생겨서 시즈쿠 언니가 외톨이가 된 거라면 너무 미안하달까, 미안하다는 말로 부족할 만큼 엎드려 빌어야 할 죄다. 그러나 일이 그렇게 단순하지 않은 것 같다.

"그건 그럴지도 모르지만, 적어도 고등학교를 졸업할 때까지 기다려 주었더라면, 그랬더라면 시즈쿠도 이렇게 빨리……."

나보다 엄마가 더 시즈쿠 언니에게 미안한 마음이 클지도 모른다. 엄마는 아까부터 한숨만 쉬고 있다.

"괜찮아. 그렇게 생각하지 않아도. 그때, 시짱이 직접 내린 결정이니까."

그렇게 말하면서 아빠는 자기 그릇 속에서 뭔가 하고 있다. 잠시 잠자코 지켜보았더니,

"됐다, 됐다."

하고 싱글벙글 웃으면서 젓가락으로 지쿠와를 들어

올렸다. 지쿠와 구멍 속에 쑥갓이 채워져 있다.

"뭐야, 그게?"

물어보았다. 아빠가 부예진 안경인 채 의기양양하게 설명했다.

"시짱, 어릴 때 채소를 싫어했거든. 특히 쑥갓을 못 먹었어. 그래서 제일 좋아하는 지쿠와에 몰래 쑥갓을 넣어서 먹였지."

그리고 쑥갓이 든 지쿠와를 시즈쿠 언니 그릇에 넣었다. 마치 거기에 정말로 시즈쿠 언니가 앉아 있는 것처럼. 지쿠와에서는 아직 은은히 김이 나고 있다.

"고즈에도 먹을래?"

아빠가 물어서 쌀쌀맞게 필요 없다고 대답했다가 먹겠다고 고쳐 말했다. 시즈쿠 언니가 먹은 거라면 나도 먹어보고 싶다.

아빠는 엄마와 결혼하기 전에 여기가 아닌 다른 동네에서 시즈쿠 언니와 둘이서 살았다. 언니는 아빠의 친딸이 아니라 쌍둥이 누나의 외동딸로, 누나 부부가 불의의 사고로 세상을 떠나는 바람에 아빠가 어린 시즈쿠 언니를 거두어 혼자 키웠다고 한다. 나는 아직 전체 상이 보이지 않지만, 어쨌든 아빠한테는 나와 엄마와 똑같을 정도로 소중한 존재라는 걸 시즈쿠 언니가 있는 호스피스에 가는 차 안에서 이야기해 주었다.

사실은 그날 엄마도 같이 문병을 가고 싶어 했다. 그러나 결국 나와 아빠만 갔다. 엄마는 정원에 갓 핀 꽃을 따서 나 대신에, 하며 내 손에 들려주었다. 나는 그 꽃다발을 가는 내내 꼭 붙들고 있었다. 마치 인파 속에서 미아가 되지 않도록 엄마 손을 꼭 잡고 가는 기분이었다.

"시쨩의 선함으로 아빠는 구원을 얻었단다. 아빠한테는 내가 사는 의미 그 자체였으니까. 하지만 그 선함에 너무 의지한 것도 사실이었어."

호스피스에서 돌아오는 차 안에서 아빠는 말했다. 아빠의 뺨이 눈물로 반짝거렸다. 충동적으로 나는 한 번 더 시즈쿠 언니를 만나고 싶었다. 다시 호스피스로 돌아가요, 하는 말이 혀끝까지 나왔다.

하지만 말하지 못했다. 어째서인지는 나도 잘 모르겠지만. 인생에는 몇 번이고 리필 해도 좋은 것과 그렇지 않은 것이 있다는 걸 알았다. 시즈쿠 언니를 만난 건 그렇지 않은 것으로 분류된 편이다. 한 번 더 리필을 찾자면 끝이 없다.

나는 울고 있는 아빠를 못 본 척하고 반대편 창으로 바깥을 내다보았다. 그곳에서 보이는 반짝반짝 빛나는 바다는 너무 예뻤다. 마치 바다 그 자체가 커다란 생물처럼 느껴졌다.

"얘, 부추하고 파도 먹어."

멍하니 있는데 엄마가 옆에서 젓가락을 움직여 내 그릇에 채소를 듬뿍 넣었다. 아빠가 내게도 쑥갓 지쿠와를 만들어주었다. 나도 쑥갓은 별로 좋아하지 않는다. 슬쩍 앞쪽을 보다 아주 잠깐이지만, 언니와 눈이 마주친 듯한 느낌이 들었다. 그릇을 들고 지금 아빠가 막 만들어 준 쑥갓 지쿠와를 먹으려고 했다. 근데 그렇게 생각해서인지도 모르겠다. 다시 앞을 보았지만, 거기에는 역시 아무도 없다.

세상을 떠난 시즈쿠 언니는 서른세 살이었다. 나는 지금 열세 살이니까 언니 나이가 될 때까지 아직 20년이나 남았다.

"맥주, 마셔볼까."

문득 생각나서 말했다.

"뭐엇?"

엄마가 놀라서 이상한 소리를 냈다. 하지만 아빠는 예상대로의 반응이었다. 잠자코 내 쪽으로 컵을 내밀고 아직 병에 남은 맥주를 따랐다.

"조금만이야."

"응."

나는 비장하게 끄덕이고, 헌배를 했다.

말랑하고 쌉쌀한 거품이 혀 위에 번졌다. 표현은 지저분하지만, 누군가의 침을 삼키는 것 같은 기분이었다. 뱉을 수도 없어서 큰마음 먹고 꿀꺽 억지로 목구멍에 밀어 넣었다.

"맛없어."

찡그린 얼굴로 나는 말했다. 눈앞에서 언니가 입가를 가리고 쿡쿡 웃고 있다. 역시 거기 있는 것은 시즈쿠 언니다. 내가 만나러 갔을 때는 바싹 야위어서 손가락도 팔도 꼭 쥐면 똑 부러질 것처럼 가늘었지만, 눈앞에 있는 언니는 그때보다 통통하고 머리숱도 풍성하고 안색도 좋고 건강해 보인다.

하지만 만약 내가 시즈쿠 언니가 거기 있다는 걸 말

하면 감이 빠른 나비들처럼 언니는 어딘가로 날아가 버릴지도 모른다. 그래서 나는 애써 모르는 척했다. 어쩌면 아빠도 그리고 엄마도 시즈쿠 언니가 여기 있다는 걸 알고 있지만, 세 사람 다 똑같은 생각을 하고 아무도 그 사실을 언급하지 않는지도 모른다. 벌거벗은 임금님은 좋지 않은 쪽의 교훈이지만, 시즈쿠 언니의 존재를 알고 있으면서 모두가 아무 말도 하지 않는 것은 사랑이라고 생각했다. 우리는 지금 네 식구가 식탁을 둘러싸고 있다.

나는 평소와 달리 천천히 시간 들여서 꼭꼭 씹고 있다. 냄비의 내용물이 부글부글 끓는 소리만 울리는, 아주 고요한 밤이다.

마지막으로 엄마가 죽을 끓였다.

"밥은 많이 넣어줘."

사실은, 4인분으로, 라고 말하고 싶었지만, 그러면 시즈쿠 언니에게 내가 알고 있다는 걸 들킬까 봐 애써 직접적인 표현은 피했다. 많이 넣어, 라고 하면 단순히 내가 배고픈가 보다, 하는 의미로 받아들일 수 있을 거라고 생각했다. 시즈쿠 언니에게도 따뜻한 죽을 대접하고 싶었다. 문득 생각나서 자리에서 일어나 냉장고에 있는 단무지를 꺼내왔다. 나는 어릴 때부터 단무지를 좋아했다.

"아빠, 시즈쿠 언니는 어떤 어린이였어?"

단 한 모금, 그것도 거품밖에 핥지 않은 맥주로 취할리는 없지만, 왠지 모르게 입이 가벼워졌다. 사춘기에 들어선 나는 최근 부모님과 그다지 긴 대화를 하지 않았다.

"시짱은 말이지."

아빠가 휴대용 가스레인지 불을 보면서 팔짱을 꼈다.

"정말로 착한 아이였어. 늘, 언제나. 어른이 돼서도 착한 아이 그대로였지. 배려심 많고 상대방을 존중하고 고집부리지 않고. 너무 착한 아이 노릇을 하느라 본인은 많이 참았던 게 아닐까 싶구나. 남의 험담을 하거나 심술을 부리거나 약거나 삐딱하거나 그런 게 전혀 없었어. 같이 있으면 정말로 천사와 있는 기분이 들었단다."

아빠 말에 귀를 기울이면서 엄마가 모두의 그릇에 죽을 떠 주었다. 초등학생 때, 심술궂은 반 친구 욕을 해서 선생님한테 야단맞은 나와는 완전 다르다.

엄마는 내 것과 비슷하게 언니 그릇에도 죽을 듬뿍

떠 주었다. 그릇이 묵직하다. 나는 시즈쿠 언니의 죽에도 단무지를 한 개 올려주었다. 언니도 단무지를 좋아할지 잘 모르겠지만. 내 취향은 만사 애늙은이 같다고들 한다. 그건 아마 내가 생겼을 때의 아빠 나이와 관계가 있지 않을까.

"어째서 시즈쿠는 마지막에 그 섬의 호스피스에 들어갔나 모르겠어."

"아빠와 추억의 장소였나?"

내가 말을 거들자,

"아빠도 그게 계속 걸려서 생각해 봤는데 모르겠어. 세토우치에 같이 여행한 적도 없고 말야. 시짱, 옛날부터 귤은 좋아했지만."

아빠는 말했다.

"아무리 그래도 귤을 좋아한다고 세토우치의 호스피스에 들어가는 건 이상해. 아이도 아니고."

엄마가 조금 짜증 난 것이 전해졌다.

"맞아, 아빠, 말도 안 돼."

나도 엄마에게 가세했다.

"그렇지만 시짱, 정말로 귤을 좋아했어. 겨울이 되면

고다쓰(네모난 나무틀 안에 열원을 넣고 이불을 덮어놓는 일본식 난방 기구)에 들어가서 귤만 먹었다니까."

아빠는 그리운 듯이 말했다. 이 집에 있기 전의 아빠 모습은 상상이 되지 않지만, 아빠에게도 내 아빠이기 전, 엄마와도 만나기 전의 인생이 있었다. 그리고 그곳에는 시즈쿠 언니가 있었다. 시즈쿠 언니도 지금보다 훨씬 젊고 어리고, 나보다 더 아이였던 시절이 있었다. 그곳에는 나도 엄마도 물론 없고, 아빠와 언니만 있다.

"아, 한 가지 짐작 가는 점이 있는데."

아빠가 뭔가 번쩍인 듯이 말한 것은 모두 죽을 다 먹고 났을 즈음이었다.

"아마 시짱이 초등학교 3학년 때였나. 여름방학에 바다에 가기로 약속했었어. 근데 아빠, 갑자기 일이 생겨서 회사에 가야 하는 바람에 가지 못하게 된 거야."

"분명히 그거네."

나는 말했다.

"언니는 그때 어떤 반응이었어? 울거나 화내거나 그랬어?"

"아니, 그때도 그럼 내년에 가, 그런 느낌이었던 것

같아."

아빠가 그렇게 말하자마자,

"말도 안 돼!"

나는 아빠에게 항의하는 마음도 담아서 말했다.

"시즈쿠 언니, 너무 철이 들었네."

눈앞에 있는 언니에게도 난 좀 불만이었다.

나는 자주 엄마 아빠와 싸운다. 얼마 전에도 엄마하고 서로 엉겨 붙어 싸울 뻔했다.

"그럼 혹시 언니랑 아빠는 지금까지 한 번도 싸운 적 없어?"

설마 하고 생각하면서 나는 아빠한테 물었다. 부모 자식 사이에 싸우지 않는다는 건 절대로 믿을 수 없다.

"글쎄."

아빠가 태평스럽게 턱을 괸다. 그리고 말했다.

"있었어, 있었어. 시짱이 사회인이 되고 1년째였나. 같이 밥을 먹기로 했지. 드물게 시짱이 먼저 먹자고 청했어. 보너스를 받았는데 아빠한테 초밥 대접하겠다고. 그래서 나갔는데, 그때 시짱 식사 끝난 뒤 잠깐 실례, 하고 밖으로 나가는 거야. 그리고 돌아오는데 담배 냄새가 나더라고."

"밖에 한 모금 피우러 갔구나."

엄마가 말했다.

"응. 근데 나한테는 뭔가 시짱과 담배란 것이 잘 연결
이 되지 않아서 '이미지하고 다르네'라고 무심코 말했
지. 그랬더니 시짱이 내 이미지가 뭔데, 하고 처음으로
대들더라고. 그러고 나서 가게를 나가버렸어."

"그래서 어쨌어?"

나는 그다음이 궁금했다.

"물론 아빠도 바로 따라 나가서 시짱한테 사과했지.
시짱, 울더라. 아빠는 나의 무엇을 알고 있는 거야? 하
고. 어째서 내가 담배를 피우면 안 돼? 아빠는 언제나
내 한쪽밖에 보지 않아, 하고."

"시즈쿠는 드디어 당신한테 속마음을 털어놓은 거네,
거기서."

엄마가 말했다.

엄마가 자리에서 일어나 모두의 찻잔에 차를 따라주
었다. 물론 모두에는 시즈쿠 언니도 포함된다.

"시즈쿠가 병에 걸렸다는 이야기도 해주지 않고, 그

뒷일도 전부 혼자서 해결하려 했다는 말을 듣고, 아빠, 솔직히 힘들었어. 더 의지해 주길 바랐고, 시즈쿠가 힘들 때일수록 도와주고 싶었는데. 내가 너무 한심했어. 그렇지만 아마 이렇게 하는 것이 시즈쿠 나름의 삶의 방식이랄까, 철학을 관철하는 것이었을 거라고 생각하기로 했다. 시짱은 분명 어릴 때부터 사람은 고독하다는 사실을 굳게 받아들였을지도 몰라. 그러니까 시짱은 착한 아이가 아니고 강한 아이였던 거야."

그 말을 듣고 시즈쿠 언니가 맞아, 맞아 하고 자랑스럽게 끄덕였다.

"그러네, 착한 아이가 아니라, 착하고, 강한 아이였네."

엄마도 이해가 간다는 듯이 말했다.

"장례식은 안 해?"

내가 묻자,

"시즈쿠가 앞으로 어떻게 할지 세세한 것까지 전부 마돈나 씨한테 전했대. 그래서 아빠는 그 뜻을 존중하기로 했어. 형태는 없지만, 시즈쿠와 인연이 있던 사람들이 각각 마음속으로 장례식을 하면 그걸로 좋을지도 모르겠다."

"맞아, 시즈쿠 언니, 평온하게 떠났으니 우리도 멋지게 잘 보내줘야지."

엄마는 밝게 말해놓고 자기가 한 말에 눈물을 흘렸다.

"그럼 나 이번 일요일에 밀크레이프 만들래!"

시즈쿠 언니와 눈이 마주치자 언니가 엄청 환하게 웃었다.

"근데 어째서 엄마와 결혼한 거야?"

엄마가 설거지를 하러 간 뒤, 아빠에게 몰래 물었다.

그런 사생활 이야기, 아무리 부모 자식이어도 가볍게 묻는 게 아니란 건 알고 있다. 초등학생인 나였다면 천진난만하게 물었을 것이다. 하지만 중학생이 된 지금은 묻기가 좀 그렇다. 역시 맥주 한 모금에 취한 걸까. 그런 걸 가볍게 물었다. 아이들에게도 말할 수 없는 것이 있을 텐데.

"어째서 엄마랑 결혼했냐고?"

아빠는 내 질문을 되풀이했다. 아빠한테는 시즈쿠 언니가 있었다. 아빠가 절대 시즈쿠 언니를 버린 게 아니란 건 알지만, 어쩌면 세상 사람들에게 그렇게 보일 우려는 있다.

"전부 시즈쿠 탓으로 하고 싶지 않았어. 그때는 아직 아빠가 젊었고, 철없는 면도 있었지만, 아마 그런 게 아닐까. 대등하게 사람을 사랑하고 싶었을 거야. 그걸 시즈쿠도 받아들여 줄 거라고 아빠는 멋대로 믿었지."

아마 그건 아빠에게도 엄마에게도 큰 사건이었을 것이다. 아빠는 굳은 표정으로 입을 한일자로 다물었다.

"결혼하고 싶은 사람이 있는데 만나줬으면 좋겠다고 시즈쿠한테 말했을 때, 시즈쿠가 아빠 앞에서 울었지. 아빠, 충격이었단다. 시즈쿠도 울 수 있다는 걸 그때까지 몰랐던 자신에게 충격받았어. 나는 시즈쿠를 너무 몰랐구나, 하고. 나 편한 대로만 해석했던 거야. 당연히 시즈쿠는 아빠의 결단을 받아들여 줄 거라고 생각했고, 오히려 가족이 생겨서 기뻐할 거라고 생각했으니까. 교만하게 시즈쿠를 위해서라도 결혼하자고 생각했으니까. 한심하게도 시즈쿠의 표면적인 부분밖에 보지 못했던 거지."

아빠는 말했다.

"그때는 정말로 힘들었어, 그치."

식탁과 싱크대를 왔다 갔다 하면서 엄마도 숙연하게

말했다.

"너한테는 이야기하지 않았지만, 외할머니가 병에 걸려서 엄마는 몇 년째 간병하느라 몸도 마음도 지칠 대로 지쳐 있었어. 그걸 지탱해 준 것이 아빠였단다. 물론 아빠도 엄마도 시즈쿠와 함께 살 생각이었어. 하지만 시즈쿠는 그걸 원치 않았던 거야."

그럴 때, 사람은 어떻게 행동해야 옳은지 학교에서는 가르쳐 주지 않는다. 아빠의 입장, 엄마의 입장, 시즈쿠 언니의 입장, 제각기 다르다. 다른 경치가 보인다. 아무도 무슨 나쁜 짓을 하지 않았다. 누군가를 상처 입히려고도 하지 않았다. 내가 시즈쿠 언니 입장이라면 어땠을까. 그래도 아빠와 엄마의 행복을 빌 수 있었을까.

"착했네요."

나는 거기에 있을 언니의 눈을 보며 말했다. 그러나 시즈쿠 언니의 모습은 보이지 않았다. 내 눈에 눈물이 고였기 때문이다. 시즈쿠 언니의 착한 마음에 눈물이 쏟아졌다. 시즈쿠 언니는 정말로 아빠를 좋아했을 것이다. 아빠를 소중하게 생각했을 것이다.

"만나고 싶었는데."

엄마가 아까도 한 말을 또 했다.

"하지만 만나지 않길 잘했어. 그것으로 서로 편해졌으니까."

시즈쿠 언니의 그릇에만 아직 음식이 남아 있다. 이제 김은 나지 않았다.

아빠가 식후 디저트로 나와 시즈쿠 언니에게만 푸딩을 꺼내주었다. 내가 감기에 걸리면 아빠가 늘 선물로 사다주는 푸딩이다. 오늘은 감기가 아니다. 시즈쿠 언니가 죽은 다음 날이다. 언니는 죽었는데 내 앞에 앉아 있다.

"자, 먹어."

용기에 든 커스터드 푸딩을 아빠는 굳이 내 접시에 거꾸로 해서 꺼내주었다. 제일 위의 진한 갈색 캐러멜이 눈물처럼 추르륵 내려온다.

"시쨩, 이렇게 꺼내주면 기뻐했어. 혼자 집 잘 본 선물 뭐 줄까 하면 대부분 푸딩이라고 했지. 이웃에 할아버지와 할머니가 하는 옛날 과자점이 있었는데 그곳의 푸딩을 좋아했어."

푸딩을 보고 언니가 눈물을 흘린다. 기뻐서 우는 거란 걸 난 단박에 알았다. 언니와 계속 이렇게 있고 싶었다.

"뭐 음악이라도 들을까."

뒷정리를 마친 엄마가 식탁으로 돌아왔다. 오늘 밤은 역시 평소의 저녁 식사와 다르다. 여느 때보다 시간이 천천히 흐르고 있다. 아마 시즈쿠 언니가 죽은 것과 관계가 있겠지.

"그러게, 그럼 뭐가 좋을까."

아빠가 기계를 조작하여 음악이 흐르기 시작했다. 역시 그거다. 바흐의 무반주 첼로 조곡. 어릴 때, 나는 이 곡이 나올 때마다 무섭다며 울어댔다고 한다.

그러나 몇 번이고 되풀이해서 듣는 동안 몸이 거부하지 않게 됐다. 오히려 지금은 이걸 듣고 싶다. 이 소리를 들으면 마음이 편안해진다. 그 마음이 아빠한테 이심전심으로 전해진 걸까.

아빠가 소파로 이동했다. 나도 아빠를 따라서 소파로 갔다. 그렇게 식후 여운에 잠겨 있으니, 첼로 소리가 몸 안쪽으로 들어와 내장 깊숙한 곳에서 공명하는 것이 느껴진다.

오늘, 지금 이 기분에 딱 어울리는 소리. 내가 마음껏 울 수 없는 대신에 첼로가 울고 있다. 울고 있지만, 하늘은 맑고 구름 사이로 빛이 비친다. 그날, 호스피스에서 돌아오는 길에 본 바다와 같은 풍경이 펼쳐졌다.

"아빠, 부탁이야."

낮은 탁자 서랍에 들어 있던 귀이개를 아빠한테 건넸다. 첼로 소리를 듣고 있으니 귓속이 간질간질해져서 귀 청소를 받고 싶어졌다.

내가 철이 들기 전부터 귀 청소는 아빠가 해주는 것으로 정해져 있다. 아빠에게 귀 청소를 받으면 누구나 황홀해하며 무아지경에 빠진다. 초등학생 때는 아빠의 귀 청소가 소문이 나서 한때 그리 친하지 않은 반 친구까지 그걸 노리고 우리 집에 놀러 오기도 했다. 아빠의 귀 청소는 사려 깊다고 할까, 그러면서 주저함이 없고 리드미컬하여 끝나면 새로운 귀로 다시 태어난 것 같은 기분이 든다. 평소에는 아빠한테 거침없이 의견을 말하는 엄마도 귀 청소는 전폭적인 신뢰를 하고 있다. 나는 엄마가 아빠한테 귀 청소 받는 모습을 보는 걸 옛날부터 좋아했다.

"이리 와."

귀이개를 든 아빠가 자기 허벅지에 쿠션을 올리고 내

머리 높이를 조절한다. 나는 그 위에 머리를 올린다.

"딱 좋아?"

아빠의 말에 크게 끄덕였다.

나는 눈을 감고 첼로 소리에 귀를 기울였다. 몇 번 들었지만, 이것을 단 한 사람이 단 한 대의 악기만으로 연주한다는 것을 믿을 수 없다. 거기에는 몇 가지 소리가 동시에 층이 돼 존재한다.

귀 청소를 해주면서 아빠가 조용히 이야기를 들려주었다. 아빠는 젊을 때, 음악가를 꿈꾸었다.

"첼로 전문 연주자가 되고 싶어서 애써 음악대학에 들어갔어. 아빠한테는 쌍둥이 누나가 있었거든. 이름이 다마미였는데, 다마미 누나가 음악가가 되는 걸 응원해주었단다. 자기는 고등학교만 졸업하고 바로 취업해서 아빠가 음대에 다닐 학비를 대주었지. 스무 살에 결혼해서 20대 초반에 아이를 낳았어. 그 아이가 시짱이야.

근데 뜻밖의 사고로 시짱만 남아버린 거야. 주변에 시짱을 맡아서 키울 수 있는 상황인 어른은 아빠밖에 없었어. 아빠는 아직 음악가 꿈을 포기하지 못해 발버둥치고 있을 때였지. 하지만 일이 그렇게 돼서 첼로 전문 연주자가 되는 건 깨끗이 단념했어. 그보다 제대로 된 회사에 취직해서 월급을 받아 시짱에게 매일 밥을 먹이고 잘 키우자고. 그게 다마미 누나와 남편에게 보답하는 유일한 길이라고 생각했어. 물론 갑자기 육아를 하니 힘든 일도 많았지만. 그 이상으로 시짱이 살아가는 의미랄까, 기쁨 같은 것을 주었어. 시짱이 아빠한테는 첼로 이상의 존재가 돼주었지."

아빠는 줄곧 혼잣말처럼 이야기했다. 나는 졸음이 밀려와서 미칠 것 같았다. 조금만 방심하면 바로 폭면할 것 같았다.

도중에 뒤집어 누워서 이번에는 반대편 귀 청소를 받았다. 역시 아빠는 귀 청소의 천재다. 귀 청소가 끝날 무렵에 나는 완전히 잠에 떨어졌다.

"언니."

"고즈에."

우리는 아주 넓은 정원에 있었다. 하늘은 반짝반짝 빛나고 우리는 둘 다 어린이였다. 하얀 원피스를 똑같이 입고 있다. 맨발로 풀이 난 흙 위를 걷는 것이 기분 좋았다.

우리는 서로에게 호스로 물을 뿌리면서 놀았다.

손을 잡고 초원을 달렸다. 지평선을 좇듯이 한없이 계속 달렸다. 도중에 하얀 개도 합류했다. 그날 호스피스에서 만난 롯카가 틀림없다.

달리면서 언니가 말했다.

"좋아하는 음악도 들었고, 사나에 씨도 만났고, 아빠가 귀도 후벼주었고, 미련이 하나도 없어. 전부 고즈에 덕분이야. 나를 발견해 주어서 고마워. 나는 언제든 여기 있을 테니까 걱정하지 마."

언니는 명랑한 목소리로 말했다.

그리고 또 우리는 손을 잡은 채 계속 달렸다. 지평선을 향해 끝없이, 끝없이.

그 느낌이 생생해서 눈을 떴을 때, 순간 나한테 무슨일이 일어났는지 몰랐다. 나는 소파에서 일어났다. 불은 다 꺼져 있고 몸에는 담요가 덮여 있다. 나는 아빠한테 귀 청소를 받았다. 그리고 그대로 잠들어 버렸다. 집 안은 고요에 감싸였다. 냉장고만 낮은 소리로 우웅 울리고 있다.

그랬다. 이럴 때, 엄마, 아빠는 나를 억지로 깨우지 않았다. 이를 닦지 않으면 충치 생긴다거나 감기 걸린다거나 목욕하라거나, 전혀 말하지 않았다. 충치가 생겨서 고생하는 것도 나고, 감기 걸려서 결석하여 수업을 못 받는 것도 나고, 목욕하지 않아서 찜찜한 것도 전부 나. 요컨대 자기 책임이라고 했다.

일어서서 커튼을 걷었다. 아까 보았던 정원과 완전히 다르다. 엄마가 날마다 손질하는 작은 정원이 펼쳐져 있다. 비는 그쳤고 별이 반짝거렸다.

기억한다. 전부 기억한다. 평소에는 꿈을 꾸면 깨는 순간 잊어버리는데 좀 전에 시즈쿠 언니와 서로 물장난하며 놀던 것과 초원을 달린 것은 가슴 속에 얼룩처럼 남아 있다. 맨살에 닿던 기분 좋은 물방울과 언니의 웃음소리, 무지개의 반짝거림, 꼭 잡은 손바닥의 감촉, 전부 내 몸에 새겨져 있다.

샤워는 내일 하기로 하고 일단 양치질만 한 뒤 잠옷으로 갈아입었다. 그리고 내 침대가 아니라 엄마, 아빠의 침실로 갔다. 살며시 문을 여니 엄마와 아빠가 큰 침대에 잠들어 있었다. 나는 그 틈을 비집고 들어갔다. 이제 부모님과 자는 것은 졸업했다고 생각했다.

그런데 나는 혼자가 아니라는 걸 알았으니까.

내게는 언제든 언니가 옆에 있으니까.

언니에게도 부모님 온기를 맛보게 하고 싶었다. 아마 언니도 그러길 바랄 것이다.

그리운 아빠와 엄마 냄새에 싸여서 나는 바로 잠이 들었다. 언니는 나타나지 않았다.

엄마 목소리에 잠에서 깼다.

엄마 목소리를 듣자 언니가 엄마를 사나에 씨라고 불렀던 것이 떠올랐다. 아직 졸렸지만, 언제까지고 잘 수도 없다. 나는 어젯밤 일을 멍하니 떠올렸다.

"고즈에, 잠깐 와봐. 빨리, 빨리."

엄마가 무슨 일인지 소란스럽다. 엄마가 나를 깨우다니 별일이다. 우리 집에서는 늦잠 자도 내 책임이니 내가 일어날 때까지 내버려 두는 게 보통이다.

"왜 그래?"

나는 잠옷 위에 카디건을 걸치고 밖으로 나갔다. 해가

눈부시다.

"네가 여기 구근을 심은 거야?"

엄마는 정원 한 모퉁이에 쭈그리고 앉으면서 말했다.

"구근? 나는 아무것도 안 했는데."

실제로 나는 지렁이를 싫어해서 정원에 들어가지 않는다.

"왜 엄마가 요전에 여기 있던 꽃을 전부 꺾어서 시즈쿠 언니한테 꽃다발 만들어 주었잖아. 그래서 이제 싹이 날 리가 없거든."

엄마는 뭔가 흥분해 있다.

"네가 장난으로 몰래 구근을 심은 거지?"

"그러니까 아니라고. 그 구근만 조금 늦게 싹이 난 거 아냐?"

나는 엄마가 이렇게까지 호들갑인 의미를 몰랐다.

"아냐, 절대 그럴 일은 없어. 엄마, 구근을 심을 때 꼭 숫자를 세어서 심는걸. 게다가 이 장소에는 구근을 심지 않았어."

그 말을 들으면서 나는 혹시, 하고 생각했다. 아니, 틀림없이 그렇다.

잠시 생각하다 나는 말했다.

"시즈쿠 언니가 사나에 씨한테 보내는 선물 아닐까?"

건방지게 들리면 안 되는데, 생각했지만, 어쩐지 엄마한테는 내 진의가 전해진 것 같다.

"엄마 말야, 튤립을 옛날부터 아주 좋아했어. 그러게, 분명히 시즈쿠 언니에게 엄마의 마음이 통했는지도 모르겠네."

그리고 엄마는 정원 쪽을 보고 "고마워"라고 했다. 시즈쿠 언니가 말한, 여기 있을 거라고 한 것은 이런 것이구나 생각했다.

그 후, 내게도 작은 선물이 도착했다.

라이온의 집에서 편지가 온 것이다. 거기에는 시즈쿠 언니가 간식 주문을 쓴 편지와 그때 만든 밀크레이프 레시피가 들어 있었다.

시즈쿠 언니가 인생 마지막에 먹고 싶었던 밀크레이프. 실제로는 먹지 못했지만, 그 대신 나와 아빠가 함께 먹은 밀크레이프.

아마도 그런 것이리라.

제대로 말로 표현할 수 없지만.

시즈쿠 언니는 언제나 우리 곁에 머물면서 웃고 장난
을 칠 것이다.

중요한 사실은 바로 그런 것이라고 나는 생각했다.

*

2일째

시즈쿠 씨.

지금 어떤 풍경이 보이나요?

몸에서 해방된 당신은 한없이 자유로워져서 환성을 지르며 이곳저곳 뛰어다니고 있을 테죠.

제 역할은 게스트의 인생 마지막 모습을 지켜보고 떠나보내는 것입니다.

지금까지 많은 분의 임종을 지켰습니다. 하지만 아무리 많은 분을 지켜도 완벽한 건 없었습니다. 그때 이랬으면 좋았을걸, 저랬으면 좋았을걸, 그런 후회가 꼭 남죠.

시즈쿠 씨에게도 역시 그렇습니다. 특히 당신이 가장 먹고 싶어했던 '소'를 만들어 주지 못한 것이 원통합니다. 원통해해도 어쩔 수 없다는 걸 알지만, 원통합니다. 또 먹고 싶다는 말을 당신은 한마디도 하지 않았습니다만.

당신이 간식 시간을 매번 몹시 기대해 주었던 것이 무엇보다 위로가 됐습니다. 간식은 몸에는 필요 없는 것일지도 모릅니다만, 간식이 있어서 인생이 풍요로워지는 것은 사실입니다. 간식은 마음의 영양, 인생의 포상이라고 생각합니다.

당신의 임종을 지켜본 뒤, 우리 스태프 일동, 너무나 기분 좋은 공기에 감싸였습니다. 전부 당신 덕분입니다. 잘 먹었습니다, 하고 당신은 말했습니다. 너무나 당신다운, 정겨운, 아름다운 말. 분명 당신의 인생 그 자체가 맛있었을 테죠. 정말로 멋진 마무리, 좋은 생이었습니다.

인생이란 한 개의 촛불과 비슷하다고 생각합니다.

촛불은 자기 스스로 불을 붙이지도 끄지도 못합니다. 한번 불이 붙으면 자연의 흐름을 거스르지 못하고 다 타서 꺼질 때까지 기다릴 수밖에 없습니다. 때로는 당신의 친부모님처럼 큰 힘이 작용해 갑작스럽게 불이 꺼지는 일도 있겠죠.

산다는 것은 누군가의 빛이 되는 것.

자기 자신의 생명을 깎아가며 누군가의 빛이 되죠. 그렇게 서로를 비추는 것이죠. 당신과 당신을 키워주신 아버님도 그렇게 살아오셨을 거라고 생각합니다.

라이온의 집 입구에는 밤새 시즈쿠 씨의 죽음을 애도하는 촛불이 켜져 있었습니다. 그제는 드물게 바람이 세찬 밤이었습니다. 하지만 불은 절대 꺼지는 일 없이 다 타올랐습니다. 그리고 마지막에는 스르르 조용히 숨을 거두듯이 꺼지고 연기가 하늘로 올라갔습니다.

그 하늘로 사라진 한 가닥 연기야말로 사람들이 말하는 혼이 아닌가 생각했습니다만, 어떨까요?

잊기 전에 선생님의 전언을 전하겠습니다.

시즈쿠 씨, 떠난 날 밤, 선생님의 베갯머리에 찾아오셨다면서요. 선생님이 고마워요, 하고 당신에게 감사했답니다. 그분은 겁쟁이시거든요. 죽는 것이 두려워서 어쩔 줄 모르셨어요. 선생님 왈, 죽은 당신이 베갯머리에 와서 종알종알 설교를 하더래요. 당신과 이야기하는 동안 마음이 편해져서 죽음의 공포가 덜해졌다고 합니다. 당신한테, 얼른 성불이나 하라고 말해줬어, 하고 여전히 허세를 부리셨지만.

안심하세요. 롯카는 건강히 지내고 있으니. 매일 특대 돼지 뼈를 물어뜯고 있습니다. 롯카는 롯카 나름대로 당신의 죽음을 받아들이지 않았을까요. 제게는 그렇게 느껴집니다.

좋은 여행이 되시기를!

돌아가신 분들께 저, 언제나 이 말을 보낸답니다.

그러니까 시즈쿠 씨도 좋은 여행이 되시기를!

이제 당신 영혼의 새로운 무대가 시작될 거예요.

분명히 그럴 거라고 믿습니다.

그런데 예의 그것은 어떤 느낌이었습니까?

*

3일째

"롯카, 나가자!"

입구에서 부르자 롯카가 복도를 맹렬히 달려왔다. 일
단 마돈나에게도 말했지만, 새로운 게스트가 항구에 도
착했는지 마돈나는 마중을 나가야 하는 것 같다. 마돈나
란 사람은 정말로 365일 쉼 없이 일한다.

새 게스트는 아마 시즈쿠 씨가 사용하던 방에 들어갈
것이다. 엄마 때는 타이밍을 맞추지 못했지만, 라이온의
집에서 임종을 맞고 싶어 하는 사람이 많다.

일러스트레이터 신짱은 몇 안 되는 내 친구다. 꼭 그

래서는 아니지만, 신짱이 그린 시즈쿠 씨와 롯카의 그림은 유품으로 내가 받았다. 지금은 아파트 현관에 걸어두었다.

시즈쿠 씨가 죽어서 기쁜 건 물론 아니다. 하지만 그저 슬퍼서 어쩔 줄 모르고 있는 것과도 조금 다르다. 굳이 표현한다면 실물을 만나지 못하게 된 게 유감이라고 할까. 떠나기 전이 훨씬 슬펐다. 아니, 안타까웠다. 그때에 비하면 지금이 훨씬 담담하다.

뒷자리에 롯카가 있어서 평소보다 안전 운전으로 달렸다. 2월의 레몬 섬은 더 이상 겨울이 아니다. 이미 봄 햇살이 지면을 부드럽게 데우고 있다. 그리고 지면 아래에는 이제나저제나 하고 초록색 에너지가 폭발할 때를 기다리고 있다.

시즈쿠 씨가 아버지와 여동생을 데리고 마지막으로 포도밭에 온 뒤로 시간이 얼마나 지났을까. 그때 시즈쿠 씨는 몸이 약할대로 약해져 있었다. 약해져 있었지만, 눈에는 오싹할 정도로 강한 힘이 넘쳐서 나는 순간 추운 하늘 아래 뿌리 내린 포도 묘목 같다고 생각했다. 포도 묘목에게 느끼는 것과 비슷한 경외감을 시즈쿠 씨에게도 느꼈다. 잎도 꽃도 열매도 아무것도 달리지 않고, 그저 가지만 남아 있을 뿐이지만 그 가지야말로 에너지 덩어리였다. 인생에서 쓸데없는 것은 전부 필터로 걸러 낸 뒤처럼 그날 시즈쿠 씨는 무서울 정도로 생명력이 넘쳤다.

마침 사람들에게 기부받은 포도 묘목을 심고 있을 때였다. 설명을 했더니 시즈쿠 씨의 아버지도 그 자리에서 포도 묘목 주인이 돼주었다. 그래서 시즈쿠 씨와 동생도 한 그루씩 묘목을 심게 됐다.

그때, 어떻게 시즈쿠 씨에게 그런 힘이 있었는지 지금도 수수께끼다. 아무리 봐도 휠체어로밖에 이동할 수 없는 몸인데 시즈쿠 씨는 스태프 두 사람의 부축을 받고 일어서더니 자기 발로 땅에 내려서서 밭을 걸었다. 화재 현장의 괴력이라는 말이 있지만, 죽을 무렵의 사람에게도 그런 힘이 있다고 생각한다. 그 사람이 진심으로 걷고 싶다고 소망하면 거기에 응할 만큼의 힘이 몸에 숨겨져 있을지도 모른다. 마치 아기가 태어나서 처음으로 두 발 보행을 할 때 같은 감동적인 걸음걸이였다.

시즈쿠 씨 자신이 그 사실에 놀라 감동했다. 그러나

그 이상으로 아버지가 흥분했다.

시짱, 시짱, 시짱, 시짱.

남들 눈도 신경 쓰지 않고 그의 이름을 큰 소리로 외치며 자기한테까지 걸어서 온 시즈쿠 씨를 번쩍 안아들었다. 시즈쿠 씨는 완전히 아이가 돼 아버지에게 찰싹 붙어서 애교를 부리며 줄곧 손을 잡고 있었다. 그리고 같이 포도 묘목을 심었다. 묘목의 이름표에는 아버지가 '시짱'이라고 써서 달았다.

"맛있는 와인이 되자."

그 묘목을 사랑스러운 듯이 쓰다듬으면서 시즈쿠 씨가 속삭였다. 목소리는 나오지 않았지만, 나한테는 잘 들렸다. 돼라, 가 아니라 되자, 였다. 거기에는 어쩌면 시즈쿠 씨 자신도 맛있는 와인이 되겠다는 의미가 담겨 있을지도 모른다. 그리고

"다히치 씨, 잘 부탁해요."

하고 눈을 감았다.

기적이었다. 그 타이밍에 시즈쿠 씨가 걸은 것. 포도 묘목을 심을 수 있었던 것은 기적 이외의 아무것도 아니다. 기적은 죽은 뒤 일어나는 게 아니라 살아 있는 동

안에 일어날 수 있는 것이었다.

"맛있는 와인이 되도록 노력하겠습니다. 만들어지면 배달해 드릴 테니 기다려 주세요."

나는 시즈쿠 씨의 가족에게 약속했다.

"이제 도중에 포기하지 못 해. 책임이 있으니까."

백미러로 뒷자리에 있는 롯카에게 말했다.

시즈쿠 씨가 문자 그대로 목숨 걸고 심은 포도를 시들게 할 수는 없다.

시간을 보니 슬슬 약속 시간이었다.

천국으로 여행을 떠나고 사흘째 저녁, 이 해변에 와서 롯카와 손을 흔들기로 시즈쿠 씨와 약속했다. 그 시간이 다가오고 있다.

"슬슬 시작할까."

내가 말하자 롯카가 옆에 붙어서 '앉아'를 했다. 롯카는 마치 이 상황을 전부 이해하는 것 같았다. 나와 마찬가지로 하늘을 물끄러미 보고 있다.

나는 필사적으로 손을 흔들었다. 롯카도 똑같이 꼬리를 흔들었다.

"잘 지내요!"

"우리 엄마 만나면 안부 전해줘요!"

"고마워요!"

있는 힘껏 소리쳤다.

그러자 갑자기 목도리가 바람에 날렸다. 마치 목도리가 춤을 춘다고 할까, 나를 놀리며 장난치는 것 같았다. 그때까지 바람은 전혀 불지 않았는데.

문득 하늘을 올려다보니 아름다운 빛무리가 해를 향해 유성처럼 빨려 들어갔다. 그 모습을 지켜보면서 밤이 세상을 감쌀 때까지 나는 계속 손을 흔들었다.

목에 한 번 더 감은 목도리에서는 확실히 시즈쿠 씨 냄새가 났다.

한국의 독자 여러분께

《라이온의 간식》을 손에 들어주셔서 감사합니다.

처음 이 소설에 관한 내용을 공개적으로 이야기한 것은 서울에서 김하나 씨와 대담할 때였습니다. 김하나 씨에게 "다음 작품은 어떤 내용일까요?"라는 질문을 받고, 호스피스가 무대인 이야기라고 대답했습니다.

실은 그 이야기를 할 때, 정말 떨렸습니다. 정면으로 '죽음'을 테마로 한 소설이어서 어떻게 받아들이실지 불안했기 때문입니다. 하지만 그곳에 오신 한국 분들의 반응은 뭐랄까, 거기에 별로 거부감이 없어 보였습니다.

그때 진심으로 안도한 기억이 납니다.

저는 엄마가 살아계실 때, 관계가 별로 좋지 못했습니다. 엄마의 독자적인 사고방식을 좀처럼 받아들이기 어려워서 어른이 된 뒤에는 엄마와 거리를 두고 지낸 시간이 길었습니다.

그런데 어느 날 갑자기 엄마에게 전화가 걸려왔습니다. 암에 걸렸다는 소식이었습니다. 그때 엄마와 나눈 한마디가 이 이야기를 쓴 계기가 됐죠.

태어난 이상 반드시 세트로 따라오는 것이 '죽음'이지만, 저도 실제로 죽은 적이 없어서 상상으로 쓸 수밖에 없었습니다. 하지만 '죽음'이 이랬으면 좋겠다 하는 이상은 있습니다.

아, 저희 집에는 10년쯤 전에 캐나다의 솔트스프링섬에 갔을 때 사 온, 한국 출신 아티스트가 만든 입체 작품이 있답니다. 그곳에서 직접 제작하는 것이었어요. 한국에서 누군가가 돌아가셨을 때 관에 함께 넣는 인형이라는 설명을 들었습니다. 그 인형은 정말로 행복하게 웃고 있습니다. 그래서 인형을 볼 때면 언제나 평온한 기분이 듭니다.

세상은 지금 코로나바이러스 영향으로 쉽게 오가지 못하게 됐습니다. 다시 자유롭게 해외여행을 할 수 있게 된다면 저는 제일 먼저 한국에 가고 싶습니다. 2년 전 문화 교류 프로그램을 통해 제게 한국은 가깝고도 먼 나라에서 정말로 가깝고도 가까운 나라가 됐답니다.

　한국에서는 제 작품이 대부분 번역됐습니다. 그리고 그 대부분을 번역해주신 분이 남희 씨입니다. 남희 씨, 정말로, 정말로 고맙습니다!

　남희 씨는 제 내장의 색과 모양까지 다 알 것 같아서 부끄럽기 그지없습니다만, 남희 씨 덕분에 정말로 많은 한국 독자분들과 인연을 맺게 돼 새삼스럽게 감사드립니다.

　한국 독자 여러분과 언젠가 또 만나길 기대합니다!

오가와 이토

《라이온의 간식》과의 인연

2019년에 일본국제교류협회 주최로 서울 한복판에서 오가와 이토 씨와 김하나 씨가 작가 대담을 했다. 김하나 씨의 능숙한 진행과 오가와 이토 씨의 방송 진행자처럼 차분하고 매끄러운 대답으로 300명 넘는 사람들이 시간 가는 줄 모르고 대담에 빠져들었다.

슬슬 대담이 마무리될 즈음, 김하나 씨가 "지금 작업하고 있는 소설은 어떤 내용인가요?"라고 질문했다. 모두의 시선이 오가와 이토 씨에게 초롱초롱 모였다. 그곳에 모인 사람들은 오가와 이토 씨의 찐독자들. 과연 다음에는 어떤 소설이 나올지 너무나 궁금한 것이다.

오가와 이토 씨는 "호스피스에 머무르는 말기 암 환자들이 죽기 전에 먹고 싶어 하는 간식 이야기"를 쓰고 있다고 했다. 오오, 소리는 내지 않았지만, 객석의 독자들은 '재미있겠다!' 하고 끄덕거리는 분위기였다. 그야말로 오가와 이토 표 소설다운 소재다.

그러고 몇 달 뒤에, 오가와 이토 씨의 에세이 《인생은 불확실한 일뿐이어서(원제 : 바늘과 실)》를 번역하게 돼, 오가와 이토 씨에게 안부 메일을 보냈다. 그랬더니 새 작품으로 또 인연을 맺게 돼서 기쁘다는 말과 함께 "대담 때 잠깐 언급했던 책이 이번 주에 출간됐어요. 제목은 《라이온의 간식》이랍니다"라고 따끈따끈한 신간 소식을 전해주었다.

오가와 이토 씨의 작품을 많이 번역하긴 했지만, 모든 작품을 내가 번역하는 건 아니다. 이 작품을 꼭 번역하고 싶었지만, 어느 출판사에서 판권을 딸지도 모르고, 내게 번역 의뢰가 온다는 보장도 없다. 그러나 간절히 원하면 이루어진다던가. 운 좋게 번역을 맡게 돼 무사히 마무리하고 이렇게 옮긴이의 말을 쓰고 있다. 게다가 오가와 이토 씨는 "한국 독자들에게 인사 한마디 해주세요" 하는 청에 선뜻 독자에게 보내는 편지를 써주었다. 《라이온의 간식》과 관련된 모든 이야기가 내게는 처음부터 끝까지 소설 같다.

"인생의 마지막에 다시 한번 먹고 싶은 간식은 무엇인가요?"

호스피스 병원 '라이온의 집'에서는 일요일마다 간식 시간이 열리는데, 게스트들이 인생의 마지막에 다시 한번 먹고 싶은 간식을 사연과 함께 써내면 그중 하나를 추첨으로 뽑아서 만들어 먹는다. 그래서 제목이 《라이온의 간식》이다.

주인공 시즈쿠는 말기 암 선고를 받은 서른세 살의 미혼 여성. 항암 치료를 거부하고 생의 마지막 나날을 조용히 보내기 위해 세토우치섬에 있는 '라이온의 집'에 왔다. '라이온의 집'에서 만난 따뜻한 집사 마돈나 씨와 다양한 사연을 가진 말기 암 환자들과 설렘을 주었던 포도밭 청년 다히치, 무엇보다 큰 기쁨이고 사랑이었던 강아지 롯카와 함께 바랐던 대로 짧은 여생을 평온하게 보낸다. 오가와 이토 씨 소설답게 훈훈한 에피소드와 맛있는 음식과 죽음과 삶의 이야기가 차곡차곡 담겨 있다.

그의 소설은 주로 이런 패턴이 많다. 30대 초중반의 상처 입은 여성 주인공, 밝고 따스한 주위 사람들, 맛있는 제철 음식이나 추억의 음식. 여기에 주인공의 아픈 과거사와 삶과 죽음.

《인생은 불확실한 일뿐이어서》에 어머니와의 이야기가 자세히 나와서 《라이온의 간식》을 번역하며 죽음에 관한 작가의 생각을 쉽게 이해할 수 있었다. 어린 시절의 학대와 폭력으로 일찍 집을 떠나서 인연을 끊고 살던 어머니가 어느 날 갑자기 말기 암이라는 연락을 해왔다고 한다. 오가와 이토 씨는 그런 어머니의 죽음을 함께하며 삶은 소중한 것, 죽음은 두렵지 않은 것이라는 걸 이야기하고 싶어서 이 작품을 쓴 것이다. 물론 죽음에 관한 글은 어디까지나 산 자의 죽음에 대한 상상이나 희망 사항에 지나지 않는다.

《라이온의 간식》은 '죽음은 삶에 이어지는 다음 페이지일 뿐이구나' 하는 담담함을 전해주었다. 산 자의 오만일 수도 있지만. 개인적으로는 반려견 '나무'가 무지개 다리를 건넌 뒤에 이 작품을 번역하면서 많은 위안이 됐다. 나의 삶과 반려견의 죽음은 한 권의 책에서 페이지를 달리하고 있을 뿐이라고 생각하니 슬픔이 덜했다. 마지막 페이지쯤에서 우리는 다시 만날 테니까.

《라이온의 간식》은 2020년 서점대상에서 2위를 했고 올해는 NHK에서 드라마로 방영되기도 했다. 쿨하면서도 따스한 오가와 이토 표 소설은 그렇게 묵묵히 꾸준히 선함을 전파하고 있다.

권남희

라이온의 간식

1판 1쇄 발행 2021년 11월 30일
1판 4쇄 발행 2022년 2월 7일

지은이 오가와 이토
옮긴이 권남희

발행인 양원석 **편집장** 김건희 **책임편집** 이혜인
디자인 남미현, 김미선 **일러스트** 박경연
영업마케팅 조아라, 김보미, 신예은, 이지원

펴낸 곳 ㈜알에이치코리아
주소 서울시 금천구 가산디지털2로 53, 20층 (가산동, 한라시그마밸리)
편집문의 02-6443-8868 **도서문의** 02-6443-8800
홈페이지 http://rhk.co.kr **등록** 2004년 1월 15일 제2-3726호

ISBN 978-89-255-7924-5 (03830)